Anna Pfeffer

Flo oder der Tag, an dem die Maus verrutschte

Anna Pfeffer

Flo

oder der Tag, an dem die Maus verrutschte

cbj

Dieses Buch ist auch als E-Book erhältlich.

MIX
Papier aus verantwortungsvollen Quellen
FSC® C014496

Verlagsgruppe Random House FSC® N001967

1. Auflage 2017

Dieses Werk wurde vermittelt durch die
Michael Meller Literary Agency GmbH, München.
Umschlaggestaltung: *zeichenpool, München
Umschlagmotiv: Shutterstock
(Shutterstock/Kuttelvaserova Stuchelova)
kk · Herstellung: AJ
Satz: KompetenzCenter, Mönchengladbach
Druck: GGP Media GmbH, Pößneck
ISBN: 978-3-570-17406-7
Printed in Germany

www.cbj-verlag.de
Du findest uns auch auf Instagram @hey_reader

FLOLITIS, die [floli:tis]
Spontane Sprachlosigkeit, begleitet von Herzrasen,
trockenem Mund und rotem Kopf,
der einfach nur bescheuert aussieht.

KAPITEL 1

»Florentine, lass uns hören, was du vorbereitet hast«, spricht mir unsere Deutschlehrerin Frau Michalek mit der Vogelnestfrisur gut zu. »Und heute bitte ein bisschen lauter als sonst«, ergänzt sie und lächelt dabei, sie lächelt, weil sie dahinten steht und ich hier vorne. Dahinten würde ich auch lächeln, aber hier vorne, vor der ganzen Klasse, mutiere ich zum Totalausfall. Mein Herz schlägt mir bis zum Hals, während meine Augen die Klasse anstarren, die unverblümt zurückstarrt wie ein großes buntes Monster aus lauter 13-Jährigen.

Die Ersten beginnen zu tuscheln, ich höre, wie sie leise kichern, und aus den Augenwinkeln sehe ich Julia, die mir eifrig zunickt, sodass ihre schwarzen Locken wippen, und Anouk, die sich ihre endlos langen goldblonden Haare aus dem Gesicht streicht und sich noch aufrechter hinsetzt. In meinem Kopf herrscht gähnende Leere, kein einziges Wort ist mehr da, und ich spüre, wie mir die Röte ins Gesicht schießt. Zu allem Überfluss beginnt auch noch mein Magen laut zu knurren, weil ich heute Morgen zu spät dran war und zum Frühstück nur einen blöden Apfel hatte.

Aus der zweiten Reihe grinst mich Lasse breit und gemein an, während seine Sommersprossen bis zu mir leuchten und er auf seinem Stuhl kippelt, der leider nicht umfällt. »Sie soll hören lassen, was sie vorbereitet hat? Ich würde sagen, einen Riesenhunger!«, ruft er extracool und blickt sich dann Beifall heischend um, und die ganze Klasse beginnt zu lachen, laut und dröhnend, bis auf Anouk und Julia, die Lasse einen Was-bist-du-nur-für-ein-Idiot-Blick zuwerfen. Ich schlucke nur trocken und würde Lasse gerne irgendetwas Geistreiches an den Kopf werfen, aber mir fällt ja nicht mal mein verdammtes Gedicht ein, das ich vorhin doch noch auswendig konnte.

Mein Körper atmet ein und aus, und ich wünschte, ich könnte mich einfach wegbeamen, wegdenken oder weglöschen, wie etwas, das an die Tafel geschrieben wurde. Und dann läutet die Schulglocke, und die Michalek klatscht enthusiastisch in die Hände. »Wir machen morgen mit euren selbst geschriebenen Gedichten weiter, ich freue mich schon!«, ruft sie und lächelt mir noch einmal aufmunternd zu. Ich verziehe nur den Mund und mache, dass ich schnell an meinen Platz komme. Und schon auf dem Weg dorthin fallen mir die Wörter plötzlich wieder ein von dem Gedicht über den *Sommer am See*, und dann weiß ich auch, was ich Lasse hätte erwidern können.

In Gedanken sehe ich mich plötzlich ganz lässig vorne ans Lehrerpult lehnen, und als sich der Idiot über meinen Magen lustig macht, blicke ich ihn nur seelenruhig an und bemerke: »Du meinst, ich habe Hunger? Das stimmt.« Ich lächle cool und verschränke die Arme entspannt vor der Brust. »Aber meinen Hunger kann man stillen. Deine Dummheit leider nicht.«

Und während ich noch arrogant die Augenbraue hebe, beginnt die ganze Klasse laut zu lachen, und selbst die Michalek muss ein Schmunzeln unterdrücken, während Lasse ganz erschrocken dreinblickt, denn mit einem spontanen Kommentar von mir hat er nicht gerechnet, schon eher mit einem Erdbeben oder einer Invasion von Aliens. Und dann zuckt er zusammen und kracht samt seinem kippelnden Stuhl auf den Boden, leuchtende Sommersprossen inklusive.

»Hey, Flo, so schlimm war's gar nicht«, versucht mich Anouk aufzumuntern und lächelt verkrampft, als ich mich auf meinen Stuhl fallen lasse. »War nur eine kleine Flolitis.«

»Hallo?«, gebe ich gedehnt zurück und ziehe viel zu lange die abgestandene Klassenzimmerluft in meine Lungen, während ich meine Beine ausstrecke. »Warst du gerade nicht anwesend?«

Julia setzt sich auf den Tisch. »Auf der Peinlichkeitsskala nur eine ...«, sie macht eine kurze Pause und wiegt den Kopf theatralisch hin und her, »... nur eine Vier. Das zählt fast nicht.«

»Das war eine glatte Sieben«, kontere ich, während mein Gesicht wieder seine normale Farbe annimmt.

Julia fährt sich dramatisch durch die schwarzen Locken. »Das war niemals eine Sieben, Schätzchen«, sagt sie und verstellt ihre Stimme, sodass sie sich nach Jorge González aus der Let's-Dance-Jury anhört. »Das war, wenn überhaupt«, sie streicht mir über die Haare, »eine Vier. Und ich weiß, wovon ich spreche.«

Ich muss kichern, und auch Anouk muss kichern, denn wenn Julia einen auf Jorge González macht, verzieht sie ihr Gesicht und macht es ganz schmal, und ihre Nase, die sie ohnehin nicht mag, wirkt noch viel länger als sonst.

»Sie haben alle gelacht. Sie haben alle über mich gelacht«, sage ich matt. Es war einfach nur fürchterlich.

»Meine Mutter würde jetzt sagen, sie haben *mit dir* gelacht«, versucht es Anouk. Sie meint es nett, ich weiß, aber ich kann nur den Kopf schütteln. »Blödsinn.«

Daraufhin zuckt Anouk mit den Schultern. »Denke ich mir auch jedes Mal, wenn meine Mutter das zu mir sagt.«

Ich presse die Lippen aufeinander. »Sie haben *mit Lasse* gelacht, nicht mit mir.«

Julia nickt und schiebt mir ihr Deutschheft hin, und darin steht ihr Sommergedicht geschrieben, das sie garantiert nicht vergessen hätte. Darunter ist ein rothaariger Lasse zu sehen, dessen Sommersprossen wie riesige Pickel leuchten.

»Das ist ekelhaft, aber gut getroffen«, sage ich, und dann sehe ich die Herzchen, die weiter oben gekritzelt sind und in denen ein »M« steht.

»Echt jetzt?«, frage ich und starre Julia an, die gerade beginnt, mit einem blauen Stift ihre Chucks zu verschönern.

Sie sieht zu mir auf. »Was ist?«

»M wie Michalek?«, frage ich grinsend, und Anouk kichert. Julia macht wieder einen auf dramatisch und fasst sich an die Brust, als hätte ich mit einem Messer hineingestochen. »Du glaubst, mein Herz gehört der Michalek? Nein, ich habe es an jemand anderen verschenkt.«

»An den Müllmann?«, frage ich.

»An deine Mutter?«, fragt Anouk.

»An die Mafia?«, frage ich weiter.

»An deine Mitesser?«, fragt Anouk, obwohl wir beide die Antwort natürlich kennen. Denn Julia wechselt ihre Angebeteten wie manche Jungs die Unterwäsche, also ungefähr alle vierzehn Tage (igitt).

Julia seufzt. »Natürlich gehört mein Herz nur *Moritz.*« Schon die Art, wie sie das sagt, könnte mich dazu bringen, meinen bereits verdauten Apfel wieder herauszuwürgen.

»Moritz ist ein Idiot«, antworte ich. Aber es ist ganz

egal, was ich sage, denn wenn Julia auf dem Love-Trip ist, dann ist sie wie ein Spotify-Song in Dauerschleife, und man muss einfach warten, bis sie selbst die Nase voll davon hat.

Moritz wohnt leider Gottes direkt neben uns und ich kenne ihn – laut Aussage meiner Eltern – seit meinem dritten Lebensjahr. Es gibt auch belastendes Beweismaterial, was uns anbelangt, das uns angeblich nackt in der Badewanne zeigt, aber dieses Beweismaterial wurde seit zwei Jahren und fünf Monaten nicht mehr gesichtet, es ist einfach verschwunden, dafür habe ich selbstverständlich gesorgt.

»Moritz ist so süß mit seinen dunklen Haaren und diesen gigantisch grünen Augen. Er ist ein Traum von einem Jungen«, erklärt Julia sehnsüchtig, und ich verdrehe nur die Augen.

»Ein Traum von einem Jungen?«, wiederhole ich und schnaube. »Wohl eher ein Albtraum.«

Während der nächsten Stunde bei unserem neuen Mathelehrer scheinen die anderen mein Deutsch-Desaster schon vergessen zu haben. Immerhin macht keiner mehr eine doofe Bemerkung. Ich würde mich trotzdem immer noch am liebsten von dem hässlichen Laminatboden unseres Klassenzimmers verschlucken lassen. Und das Gefühl wird nicht besser, als Lasse an mir vorbei zum Whiteboard schlendert.

»Wenigstens dein Magen hat etwas zu sagen«, grinst er und ist ganz stolz auf den Satz, den er wahrscheinlich schon die ganze Pause über einstudiert hat. Und weil mir natürlich mal wieder nichts einfällt, schaltet Julia ganz schnell. »Ist das jetzt etwa dein Sommergedicht?« Sie hebt beide Augenbrauen. »Erbärmlich.«

Auch Anouk, die sich immer mustergültig verhält und während der Schulstunde niemals quatschen würde, kneift die Augen böse zusammen, was für Anouk schon ganz schön viel ist. Lasse haut daraufhin tatsächlich ganz schnell Richtung Whiteboard ab, um dort eine Gleichung zu lösen, die man einfach stumm erledigen kann.

Das hätte selbst ich gekonnt.

Ich grummle vor mich hin und bin froh, dass Lasse wenigstens keine Aufmerksamkeit erhält, während er seine Zahlen an die Tafel kritzelt. Denn mindestens 52 % der anwesenden Personen, also 100 % der weiblichen anwesenden Personen, starren zu unserem neuen Mathelehrer, dem heimlichen Star unserer Schule. Er trägt ein schwarzes T-Shirt, Jeans und Sportschuhe und sieht viel zu gut aus für einen Lehrer. Mehr wie ein Schauspieler. Deshalb himmeln ihn alle Mädchen in meiner Klasse an und behandeln ihre Hausaufgaben wie Autogrammhefte. Jedes Wort, das er dort hineinschreibt, wird bewertet, verglichen und mit einer tieferen Botschaft versehen, die es natürlich nicht gibt. Betritt er das Klassenzimmer der 8a, geht ein kurzes Raunen durch den Raum, das die Jungs mit einem abfälligen Ächzen quittieren. Klar, neben dem Typ sehen sie aus wie Hobbits.

Aber ich sehe nicht unseren Mathelehrer Herrn Hoffmann, nein, ich sehe nur die Stelle, wo er steht – genau dort, wo ich vorhin noch stand und meinen Blackout hatte.

Ich hasse es.

Ich hasse es, wenn so etwas passiert. Wenn die Flolitis zuschlägt und mir kein einziges Wort mehr einfällt, wenn es so ist, als hätte mir jemand das Gedicht, die perfekte Antwort und meinen Verstand einfach aus dem Kopf geschossen.

Ich hasse diesen Moment, in dem ich nicht mehr zu sagen habe als mein Goldfisch Mr Minion, der dabei wenigstens noch hübsch aussieht in seinem leuchtenden Orange. Mein Kopf leuchtet nur rot wie eine Verkehrsampel, meine Hände schwitzen und mein Herz rast – und das Schlimmste ist, dass ich es hautnah mitbekomme. Es ist, als könnte ich mir selbst dabei zusehen, in Zeitlupe, als würde sich vor meinem inneren Auge immer wieder der gleiche Film abspielen (den Disney niemals kaufen würde, weil er einfach keinen Spaß macht).

»Jetzt vergiss das endlich«, sagt Julia im Pausenhof und trinkt aus ihrer Wasserflasche.

Anouk lehnt sich auf der Bank zurück und schnippt einen Fussel von ihrer Jeans. »Der Hoffmann, der sah heute wieder super aus«, schwärmt sie, und natürlich nickt Julia, und dann schwärmen sie gemeinsam vom Mathelehrer, dem heimlichen Star, während ich meine Umgebung betrachte und das Gefühl habe, dass ein leuchtender Neonpfeil über meinem Kopf schwebt. Ein Pfeil, der *sprachloser Loser* schreit.

Mein Blick schweift über den Schulhof, der aus einer Menge Asphalt, ein paar deprimierten Bäumen und Dutzenden Schülern besteht, die sich in Grüppchen miteinander unterhalten. Weiter hinten sehe ich ein paar Jungs aus der Neunten, darunter auch Ben.

Mein Herz beginnt wild zu schlagen, aber anders als vorhin, nämlich viel besser. Ben ist *mein* heimlicher Star, er sieht mit seinen blonden Haaren und seinem Surfer-Look nicht nur total gut aus, sondern ist auch noch Herausgeber unserer Online-Schülerzeitung. Darüber hinaus ist er witzig, intelligent und hat keine Ahnung, dass ich existiere.

»Flo, wir haben einen Notfall«, höre ich Anouk, die mich in die Seite stößt.

»Was für einen denn?«, frage ich abwesend und bin noch bei meinem ganz eigenen Notfall. So jemand wie Ben wird mich nie registrieren, und selbst wenn, werde ich es nicht schaffen, mich mit ihm zu unterhalten, da ich sofort einen Flolitis-Anfall erleiden würde.

»Schau nach rechts!« Anouk formt mit ihrem Kaugummi eine riesige rosa Blase, die sie dann zerplatzen lässt. »Zu den Mülleimern.« Ich folge ihrem Blick und sehe Julia, die im Zeitlupentempo ihre Wasserflasche wegschmeißt. Oder zumindest wegschmeißen will. Denn ihre Hand schwebt noch immer ausgestreckt über dem silbernen Eimer, während sie Moritz' Rücken anhimmelt. Moritz lungert, davon völlig unbeeindruckt, mit seinen Freunden neben den Mülleimern rum.

»Also doch ›M‹ wie Müllmann«, seufze ich kurz.

Anouk nickt. »Ich denke, wir müssen mit ihr noch mal über Stalking reden.«

»Und über den Begriff ›unauffällig‹«, füge ich hinzu.

Anouk streicht sich ihre goldblonden Haare aus dem Gesicht und seufzt. »Dass ihr das nicht selbst peinlich ist.«

Ich zucke mit den Achseln. »Es fällt ihr wahrscheinlich nicht einmal auf.« Und plötzlich sehe ich, wie Julia ganz weiß wird, wie ihr die Wasserflasche aus der Hand gleitet, und dann dreht sie sich um und geht ganz schnell weg, immer schneller, bis sie zu rennen anfängt, direkt an uns vorbei.

»Julia, jetzt sag schon, was ist passiert?!«, flüstere ich und klopfe vorsichtig gegen die mit Graffiti verzierte Toilettentür.

»Mein Leben ist zu Ende!«, schluchzt Julia, und

Anouk und ich runzeln nur die Stirn. Zum Glück sind wir alleine auf dem Mädchenklo und zum Glück hat die Schulglocke noch nicht geläutet. Wird sie aber gleich.

»Also, raus damit, Julia.« Ich klopfe noch einmal an die Tür. »Was ist bei den Mülleimern passiert?«

Julia schnieft.

»Sie wird sich doch nichts antun?«, wispert mir Anouk ins Ohr.

»Ach, Quatsch«, sage ich nur. »Jetzt sag schon, Julia, sonst lass ich den Hausmeister kommen«, drohe ich, und im nächsten Moment geht die Toilettentür auf. Julia kommt ganz verheult heraus.

»Ich habe ... Ich habe Moritz und seine Freunde über mich ... über mich«, sie macht eine dramatische Pause und blickt uns aus ihren großen braunen Augen an, als würde sie uns gleich vom Ausbruch des Dritten Weltkrieges erzählen, »reden hören.«

»Und?«, fragt Anouk und wartet auf die Bombe, genau wie ich.

»Sie haben über dich gesprochen, Flo, über irgendwas von früher, und dann haben sie über mich gesprochen, und ich konnte von dort, wo ich stand, nur ein paar Wortfetzen hören, aber ich habe gehört«, sie holt tief Luft, »ich habe gehört, dass Moritz meinte, ich wäre nicht sein Typ. Überhaupt nicht.« Sie beginnt schon wieder zu heulen und wischt sich die Augen an ihrem Ärmel ab.

»Vergiss den Blödmann«, entgegne ich, »der ist doch total bescheuert.«

»Ja«, stimmt Anouk mir zu, »und er sieht überhaupt nicht aus wie Percy Jackson, ganz und gar nicht!« Dabei bekommt Anouk diesen Augenaufschlag, der verrät, dass sie lügt, aber ich sage nichts, da es eine gute Lüge ist.

»Doch«, jammert Julia und stemmt sich am Waschbecken ab. »Er sieht ganz genauso aus! Nur noch besser.«

»Nein, das tut er nicht. Julia, Moritz ist ein ganz mieser Typ. Letztens habe ich gesehen, wie er im Park ein Eichhörnchen ermordet hat«, sage ich, und es entspricht vielleicht auch nicht unbedingt der Wahrheit, aber die Wahrheit ist nicht immer hilfreich in solchen Situationen.

»Ein Eichhörnchenmörder?« Julia horcht auf und ich habe ihre Aufmerksamkeit. Voll und ganz.

»Ja, du weißt ja, dass wir den gleichen Schulweg haben. Und da hat er eine Coladose vom Weg gekickt und ein Eichhörnchen hat sich erschrocken und ist kopflos auf die Straße gerannt und wurde von einem Auto überfahren. Er hat auch überhaupt nichts gemacht, ist einfach weitergegangen. Er ist also ein Eichhörnchenmörder ... Und könntest du jemals einen Eichhörnchenmörder lieben?« Okay, es hört sich total blöd an, was ich da sage, aber Julia klebt an meinen Lippen und nickt und hat endlich aufgehört zu heulen.

»Was hätte er denn tun sollen? Mund-zu-Mund-Beatmung?«, fragt Anouk, und Julia und ich sehen sie verdutzt an. Und dann prusten wir alle los, weil die Vorstellung so abgefahren ist. Und wir lachen noch lauter, als Julia schnell ihren blauen Stift aus der Hose zieht und den Eichhörnchen-beatmenden Moritz an die Toilettentür kritzelt, bevor sie ihr Kunstwerk mit »Moritz, nach dem traurigen Eichhörnchenmord« beschriftet.

KAPITEL 2

»Gib mir mal das Rot«, sagt Anouk zu Julia, die nun abwesend die Dose mit der Malfarbe über den Holzboden schiebt, während ihr Fuß, ihr Kopf und ihre Locken zum Takt von »Die immer lacht« wippen. Zum Glück lacht Julia jetzt auch wieder; der Drama-Tsunami ist an uns vorbeigezogen und hat kaum Schäden hinterlassen. Nur eine kleine Moritz-Karikatur an der Tür des Mädchenklos, aber das ist kein Schaden, sondern ein Kunstwerk. Unser Kunstlehrer, der Lauterbach, der immer fast zu heulen anfängt, wenn wir »unsere kreative Energie fließen lassen und etwas Neues erschaffen«, würde das ähnlich sehen, unser mürrischer Hausmeister wahrscheinlich nicht. (Aber ich wäre auch mürrisch, wenn ich mehr Haare auf dem Unterarm hätte als auf dem Kopf.)

Während der Drama-Tsunami in Rekordzeit über uns hinweggefegt ist, hat der Schulfest-Wahnsinn gerade erst wieder begonnen und zieht sich schon jetzt wie ein Kaugummi. Wir sitzen am Nachmittag, also in unserer

Freizeit (!), in unserer alten Turnhalle – die auch nach alter Turnhalle riecht – und arbeiten in Gruppen an den Vorbereitungen für das Schulfest »Stolze 100 Jahre Alfred-Breuer-Gymnasium«. Ich weiß zwar nicht, worauf man da stolz sein soll, aber als Teil des Bastelteams ist es unsere glorreiche Aufgabe, fröhlich bunte Banner und Poster herzustellen. Was immer noch besser ist, als Flyer zu verteilen, Kuchen zu backen oder an der Dokumentation über die Schule mitzumachen (gähn, ich bin schon fast bei der Beschreibung der Aufgabe eingeschlafen). Viel Auswahl hatten wir nicht und eine Wahl definitiv auch nicht, auch wenn alle immer davon sprechen, dass wir in einem freien Land leben.

Jeder Schüler muss mithelfen, das schaffen wir gemeinsam, denn »so ein Schulfest schweißt zusammen« (Zitat Frau Polterer, unsere Direktorin). Ich frage mich, ob die Erwachsenen überhaupt checken, wie oft sie einem blöde Floskeln an den Kopf werfen. Wobei das Schulfest unter die Kategorie »nichts vereint so sehr wie ein gemeinsamer Feind« fällt, und wahrscheinlich war es das, was die Polterer gemeint hat.

Ich male verdrossen an dem Banner, hänge meinen Gedanken nach und beginne auch leicht im Takt zu wippen, als nun Cro aus den Lautsprechern der Jungs ertönt.

»Flo«, meint Anouk in dem Moment, und ich blicke hoch. Sie runzelt seltsam die Stirn. »Vielleicht sollte lieber Julia das Maskottchen malen.« Sie wirft einen kritischen Blick auf das Banner, das vor mir auf dem Boden liegt.

Ich senke langsam den Pinsel. »Warum?«, frage ich und beäuge mein kleines Kunstwerk, bei dem der Lauterbach wahrscheinlich nicht in Tränen ausbrechen würde, zumindest nicht vor Rührung. (Generell hält sich der Lauterbach bei meinen Werken gefühlstechnisch etwas zurück.)

Anouk setzt sich etwas aufrechter hin. »Du solltest einen Biber malen.« Sie sagt es, als würde der Satz schon alles erklären.

»Ja, ich weiß«, entgegne ich entspannt, und Julia fängt schon leise an zu kichern. »Einen Biber mit Brille«, setze ich hinzu und stemme meine Hände in die Hüfte. Dabei blicke ich auf das braune Tier, das von dem weißen Stoff zu mir hochschaut.

»Das sieht nicht aus wie ein Biber«, meint Julia trocken und schüttelt den Kopf. »Ganz und gar nicht.«

»Nein, das sieht aus wie ein Schwein«, ergänzt Anouk.

»Hey!«, sage ich und weiß natürlich, dass die beiden nicht *vollkommen* unrecht haben. »Lasst mein Biber-Schwein in Ruhe!«

»Hey!«, erwidert Julia und grinst breit, »beleidige nicht meinen Biber. Ich liebe Justin Bieber.«

»Ach, den auch noch?«, sage ich lässig, und Julia verdreht nur die Augen.

»Ist es noch zu früh ... nach der Sache mit Moritz?«, frage ich gespielt vorsichtig und berühre Julia sanft am Oberarm.

Julia nickt inbrünstig. »Der Schmerz sitzt noch tief, erinnere mich nicht daran. Aber ich bin stark.« Sie macht eine bedeutungsvolle Pause, die sie in vollen Zügen genießt. »Und ich werde von dem Augenschmerz abgelenkt, den mir DAS HIER verursacht.« Mit DAS HIER meint sie mein süßes Biber-Schwein und im nächsten Moment schnappt sich Julia meinen Pinsel.

»Das hier sieht nach einem Totalausfall aus. Da hilft nur noch Notschlachten.«

»Notschlachten?«, wiederhole ich, und schon taucht sie den Pinsel in die weiße Farbe, um damit mein Biber-Schwein verschwinden zu lassen.

»Sorry, Flo – eine Schönheits-OP war nicht mehr drin.«

Ich seufze. »Danke, dass du es mir so schonend beigebracht hast.«

Anouk grinst. »So, und jetzt zeig uns mal, wie das Maskottchen wirklich aussieht.«

»Das muss zuerst noch trocknen«, meint Julia und bindet sich die dunklen Locken zu einem lässigen Knoten zusammen. »Lasst uns mal einfach den Text hinschreiben. Wer hat die schönste Schrift?«

Anouk lächelt nur, und sie kann auch lächeln, denn sie hat tatsächlich die schönste Schrift. Grundsätzlich ist einfach alles schön an Anouk. Ihr Gesicht ist ebenmäßig, ihre langen Haare fallen wie pures Gold über ihre Schultern, und sie verhält sich immer absolut mustergültig, was vielleicht daran liegt, dass ihre Eltern Lehrer sind. Wäre Anouk nicht meine Freundin, würde ich sie und ihre Perfektion hassen.

»Also gut, Anouk, du schreibst vor und wir malen nach, okay?«, sage ich.

»Klar«, erwidert sie und macht sich ans Werk. Aus den Augenwinkeln beobachte ich die anderen, die an Girlanden, Postern und Bannern sitzen. Es ist ziemlich wuselig, die Schüler kommen und gehen, und erst jetzt bemerke ich, dass auch fast die gesamte achte Stufe anwesend ist. Also nicht nur Blödmann Lasse, sondern auch Blödmann Moritz, der gerade irgendein buntes Papier faltet.

»Hast du ihn gesehen?«, flüstere ich Julia zu, und sie nickt nur.

»Ich bin stark, ich bin stark«, wiederholt sie wie ein Mantra, »aber es würde mich trotzdem nicht stören, wenn er sich an dem gesamten hier anwesenden Papier schneidet.« Und dann grinst sie, und auch ich muss grinsen, und selbst Anouk, die mit dem perfekten Vorzeichnen der Buchstaben beschäftigt ist, schmunzelt ein wenig.

»Der ist nicht mehr auf meiner Liste«, fügt Julia stolz hinzu und zeigt wieder mal, dass ihre Schwärmereien ein kürzeres Ablaufdatum haben als die Milch in unserem Kühlschrank.

»Gut, wer ist dann auf deiner Liste?«, fragt Anouk und presst die Lippen aufeinander, während sie mit dem Pinsel ein schwungvolles S auf das Banner malt.

Julia beginnt zu überlegen und fährt sich über das Kinn.

»Da kann man schon mal durcheinanderkommen«, bemerke ich, und sie wirft mir einen bitterbösen Blick zu, muss dabei aber selbst lachen.

»Also der Hoffmann hat sich heute auf Platz zwei vorgearbeitet, würde ich sagen.«

»Und auf Platz eins?«, hakt Anouk nach.

Julia atmet tief ein. »Ich finde Chris aus der Neunten recht süß.«

Anouk nickt. »Eine gute Wahl.«

»Aber hat der nicht eine Freundin?«, frage ich.

Julia macht eine wegwerfende Handbewegung. »Das ist ein Grund, aber kein Hindernis«, sagt sie und streckt die Beine aus. »Und auf Platz drei, da steht noch Tom aus der c-Klasse oder Justin Bieber, ich kann mich nicht entscheiden. Und bei euch?«

Ich überlege, obwohl es da überhaupt nichts zu überlegen gibt.

»Ich finde den Hoffmann auch ganz toll«, sagt Anouk, »der ist so witzig.«

»Und er sieht so verdammt gut aus«, bekräftigt Julia.

»Und er ist nicht so ein dummer Junge«, macht Anouk weiter.

»Und er ist viel zu alt für euch«, mische ich mich ein. »Und ein Lehrer. Würg.«

»Ach, jetzt mach nicht so ein Drama«, erwidert ausgerechnet Julia, die Dramaqueen schlechthin. »Er ist wahrscheinlich auch schon vergeben. Es gibt Gerüchte, dass er mit der Kuska gesehen wurde. Aber ... die Gerüchte sind noch nicht bestätigt. Also ... Flo, wer ist deine Nummer eins? Raus damit. Immer noch der, an den ich denke? Das wäre ja fast schon langweilig.«

Ich nicke. »Ben ist eben einfach mega.«

»Wenn man auf diesen Surfer-Look steht«, meint Julia. »Aber er ist schon ganz nett.«

»Ganz nett?«, wiederhole ich ungläubig. »Der ist so was von süß. Und seine Schülerzeitung ist der Hammer. Da würde ich so gern mitmachen.« Würde ich wirklich gerne. Denn Schreiben kann ich, auch wenn es mit dem Sprechen oft nicht so klappt. Aber ich liebe es, Geschichten zu erfinden und Wörter aufs Papier zu bringen.

Dabei fällt mir ein, dass heute Donnerstag ist und Ben seine neuen Beiträge immer am Donnerstag online stellt. Ich ziehe mein Smartphone aus der Hosentasche. »Die neuen Beiträge sind gerade online gegangen«, sage ich. Sofort stecken Julia, Anouk und ich die Köpfe zusammen, um den neuesten Eintrag auf dem Schülerzeitungsblog, kurz SCHLOG, zu lesen. Der ist vor einem

Jahr aus einer Projektarbeit hervorgegangen und wird seitdem von der Schulleitung toleriert, da »Pressefreiheit eine wichtige Errungenschaft unserer Gesellschaft ist« (Zitat unsere Direktorin).

Hey, ihr da draußen,

man sollte meinen, dass die neunte Klasse einen bereits genügend einspannt. Vor allem, wenn kurz vor den Ferien der Schulfestirrsinn ausbricht, der wie ein Virus nach Lehrern und Schülern greift und sie zum Flyerverteilen etc. zwingt #derschulirrsinn. Das hat mein Team und mich jedoch nicht davon abgehalten, auch diese Woche wieder jede Menge Beiträge zu wichtigen und unwichtigen Themen zu verfassen. Sara berichtet vom neuen Star-Wars-Film, Lars hat das Kantinenessen bewertet, Roman hat die Top Ten der schlimmsten Schulevents zusammengefasst, Mike hat lustige Facebook-Failures entdeckt und Tina lässt euch den neuesten Tratsch und Klatsch wissen.

Habt Spaß mit unseren Beiträgen, liket und teilt ordentlich und entspannt euch, denn nicht mehr lange, dann beginnen die Sommerferien! Und außerdem gibt's von mir diese Woche eine Parodie zu Biebers »Love Yourself«.

Also, ihr da draußen, liebt euch selbst, sonst wird es auch kein anderer tun.

Euer Ben

Sogleich tippe ich auf den Link zu dem Video, und es dauert eine gefühlte Ewigkeit, bis es sich öffnet. Dann sehe ich Ben, wie er mit einer Gitarre auf einem leeren Spielplatz sitzt und zu singen anfängt. Seine blonden Haare hängen ihm ins Gesicht und er sieht mit seiner Lederjacke und der abgefuckten Jeans aus wie ein Vollblutmusiker. Ich seufze sehnsüchtig, während er gefühlvoll an den Saiten zupft und zu singen beginnt. Seine Stimme hört sich warm und kratzig zugleich an.

»Du denkst, dass es nicht enden wird, dass du hier auch gleich noch krepierst, glaubst wirklich, dass du das nicht überlebst, dir die Schule bis zum Halse steht, aber wenn du weitermachst, wenn du wieder lachst ...«

»Nicht schlecht«, sagt Julia, und auch Anouk und ich beginnen im Takt zu wippen, während Ben vom Ende des Schuljahrs und dem perfekten Sommer singt. Als er fertig ist, sehen wir uns das Video noch einmal an und scrollen dann zum Klatsch und Tratsch weiter. Tina schreibt zuallererst wieder über den Hoffmann und wie gut er aussieht, dann darüber, dass unsere Direktorin nach der Sache mit Greta ziemlich unter Druck steht und jetzt verpflichtende Anti-Cybermobbing-Seminare einführen wird (Greta hat den Datenstick eines Lehrers geklaut, wurde angezeigt und hat einen ziemlichen Shitstorm abbekommen), dann gibt es Gerüchte, dass sich Chris aus der Neunten getrennt hat (kurzer Jubel von Julia), und DANN springen uns fast die Augen aus dem

Kopf, als wir ein Foto von Julias Moritz-beatmet-das-Eichhörnchen-Zeichnung sehen, mit dem Aufruf »*WANTED! Die Künstlerin der Zeichnung wird von unserem Hausmeister dringend gesucht! Es gibt jedoch keine Belohnung. Aber ICH finde es sehr lustig, Gratulation an die Künstlerin, sie hat wirklich Talent (wir hoffen zumindest, dass es eine Sie war und sich kein Er in die Mädchentoilette geschlichen hat!)*«.

Wir drei sehen uns an, und dann kichern wir, und unsere Blicke wandern ganz automatisch zu Moritz, der in der Ecke rumlungert und dem einer seiner Freunde gerade auch ein Handy hinhält – sie haben es ebenfalls entdeckt. Mit nur einer Bewegung schnellen unsere Köpfe nach vorne.

»Jetzt bloß nicht auffallen«, sage ich mit unbewegter Miene und unterdrücke das Bedürfnis, laut zu lachen.

Julia nickt und beißt sich auf die Lippen.

»Vielleicht hättet ihr es doch noch abwaschen sollen«, meint Anouk und hat schon wieder ihren Das-war-nicht-richtig-Blick drauf.

»Jetzt mach dir nicht ins Hemd«, sage ich. »Das ist nur eine Zeichnung. Das interessiert doch morgen schon niemanden mehr.«

»Genau. So wie Moritz für mich auch keine Bedeutung mehr hat«, stimmt mir Julia zu. »Außerdem will ich ihn gar nicht, wenn er lieber Eichhörnchen als Mädchen küsst.«

»Das hat er doch gar nicht«, sagt Anouk und schnappt

sich einen Pinsel, um nerdig am Banner weiterzuarbeiten.

»Egal«, kontert Julia, »außerdem wissen wir nicht alles von ihm, wer weiß, wen der schon geküsst hat. Aber es ist gut so, wie es ist, denn jetzt kann ich meinen zweiten Kuss für jemand *Besonderen* aufheben.«

Ich kichere. »Deinen zweiten Kuss? Hattest du den nicht schon?«

Julia wiegt den Kopf hin und her. »Der von neulich zählt nicht. Der Typ war ein Idiot.«

Ich sehe sie eindringlich an. »Das ist egal, Kuss ist Kuss.«

Julia nickt. »Okay… dann hebe ich mir eben meinen dritten Kuss für jemand Besonderen auf. Außerdem ist es gut, wenn ich Kuss-Erfahrung habe, denn wie peinlich ist es, wenn du deinen Schwarm küssen willst und noch GAR KEINE Erfahrung hast? Und dann vollkommen doof küsst.« Julia streckt ihre Zunge raus und macht ein paar wilde Bewegungen, die Anouk und mich zum Lachen bringen.

»Na eben«, erklärt sie selbstzufrieden. »Hast du denn schon jemanden geküsst, Flo?« Ich nicke seufzend. Und dann erzähle ich notgedrungen von meinem ersten Kuss, der erst vor ein paar Wochen mit einem Freund meines Cousins und mit zu viel Spucke passiert ist und den ich lieber verdrängen würde.

»Ich wollte es einfach nur hinter mich bringen«, sage

ich und verziehe automatisch das Gesicht, wenn ich an Anton und seinen Sabber denke. (Danach stand ich eine Stunde im Bad und habe das erste Mal im Leben meine Zunge gewaschen!)

»Besser so als ungeküsst«, sagt Julia und beginnt, das Biber-Maskottchen auf das Banner zu malen. Schon nach einigen Strichen sieht es nach einem Biber und nicht nach einem Schwein aus.

»Und was ist mit dir, Anouk? Du bist so still ... Bist du etwa noch kusslos?«, neckt Julia. »Bist du die perfekte, aber kusslose Anouk?«

Automatisch muss ich schmunzeln, denn Anouk macht aus solchen Dingen gerne ein Geheimnis. Ich weiß nicht, warum, aber irgendwie scheinen ihr solche Sachen megapeinlich zu sein. Sie strafft die Schultern. »Natürlich nicht.«

»Aha«, bemerkt Julia und lehnt sich vor. »Erzähl uns alles. Mit wem ist es passiert? Wann ist es passiert, wo ist es passiert?«

Anouk scheint mit sich zu ringen, ob sie es tatsächlich erzählen soll, entscheidet sich dann aber dafür. »Beim Flyerverteilen«, sagt sie, als würde sie übers Wetter sprechen.

»Hey, Mädels! Ihr sollt hier arbeiten, nicht rumchillen«, motzt in dem Moment Lasse, der gerade mit einem Stapel Papier im Arm an uns vorbeikommt.

»Hey, Lasse! Hattest du solche Sehnsucht nach uns,

dass du extra hier vorbeilaufen musstest?«, kontert Julia. »Tu uns doch beiden einen Gefallen und lauf lieber in eine Schere.«

»Witzig, Julia, hoffentlich spuckst du den Clown, den du heute zum Frühstück gegessen hast, bald wieder aus«, murrt er nur und verschwindet zum Glück ganz schnell wieder nach hinten, wo sie mit buntem Krepppapier an den Girlanden arbeiten.

»Das ist so ein Idiot«, sage ich und versuche, nicht an mein Deutsch-Desaster zu denken.

»Und was für einer«, pflichtet Julia mir bei. »Stört uns gerade bei so einem wichtigen Gespräch, der Vollhonk.«

»Der hat sicher noch nie geküsst«, erwidere ich.

»Wer würde den auch küssen?«, meint Julia. »Der hat sicher ganz fiesen Mundgeruch. Aber zurück zu den wichtigen Themen.« Sie wendet sich Anouk zu. »Also beim Flyerverteilen ... Moment ... mit wem warst du da unterwegs?«

Anouk hört zu malen auf und wird plötzlich ganz still.

»Waren das nicht Blödmann Lasse und diese Mädels aus der Neunten?«, frage ich und versuche nicht zu viel darüber nachzudenken, dass Anouk eine echte Streberin ist, die beim Schulfest natürlich nicht nur eine Aufgabe, sondern gleich mehrere übernommen hat. »Und Ben war natürlich auch dabei«, füge ich seufzend hinzu, weil ich auch viel lieber mit Ben Flyer verteilt hätte, als hier blöde Plakate zu malen ... bis der Groschen fällt und ich endlich kapiere, warum Anouk auf einmal so still ist.

»Du hast mit Ben geknutscht?!« Mein Herz hört auf zu schlagen, und ich habe das Gefühl, dass gerade die Zeit stehen bleibt.

Anouk sieht mich so seltsam an, dabei weiß sie doch seit Urzeiten, dass ich auf Ben stehe. Und es ist unausgesprochener Ehrenkodex, sich nicht an den Schwarm einer Freundin ranzumachen!

»Du hast mit Ben geknutscht?!«, wiederholt auch Julia.

Anouk presst die Lippen aufeinander. »Ja, das habe ich, war aber halb so wild.« Dabei bekommt Anouk diesen Augenaufschlag, der verrät, dass sie nicht die Wahrheit sagt.

»Du lügst doch«, herrsche ich sie an.

Anouk verschränkt die Arme vor der Brust. »Nein, tue ich nicht.«

»Doch.«

»Nein.«

Ich merke, wie ich wütend werde. »Das ist so was von beschissen, Anouk«, zische ich. »Hast du ihn nun geküsst oder nicht?«

»Ich sagte schon, es war halb so wild«, gibt sie stur zurück.

»Ich glaub dir kein Wort«, sagt Julia.

»Hört auf, auf mir rumzuhacken, ihr seid total gemein!«, schreit Anouk.

»*Wir* sind gemein?«, fauche ich. »Wenn du ihn geküsst hast, bist *du* gemein – du weißt, dass ich voll auf ihn stehe! Und wenn du jetzt lügst, wenn du mich mit so etwas anlügst, ist es auch gemein, so etwas tun Freundinnen einfach nicht!« Und damit werfe ich meinen Pinsel auf ihre hübsch vorgezeichneten Buchstaben, stehe auf und stampfe aus dem Turnsaal.

KAPITEL 3

In dieser Nacht träume ich von innigen Mund-zu-Mund-Beatmungen. Zuerst beatmet unser neuer Mathelehrer mitten auf dem Pausenhof die Michalek, die gerade einen Ohnmachtsanfall vortäuscht, woraufhin ein Eichhörnchen geschockt vom Baum fällt, das umgehend von Moritz reanimiert wird. Und während Ben seine Handykamera zückt und sich nicht entscheiden kann, ob er den peinlichen Moment zwischen den Lehrern oder den ekligen zwischen Moritz und dem Eichhörnchen filmen soll, kommt Anouk mit wehendem Haar auf ihn zugelaufen, legt ihre Arme um seinen Hals und …

Mit Herzklopfen fahre ich in die Höhe. Und blicke direkt in die kugelrunden Augen von Mr Minion, der wahrscheinlich in seinem ganzen Leben noch nie so einen bescheuerten Traum hatte.

»Du hast es gut«, seufze ich und schaue auf den Wecker neben meinem Bett. Es ist 6:26 Uhr, also noch vier Minuten, bis ich aufstehen muss. Normalerweise wäre ich froh, noch liegen bleiben zu können, doch heute habe ich keine Lust auf eine Fortsetzung der Horrorshow in meinem Kopf und wälze mich aus dem Bett.

Auf dem Weg nach unten steige ich ganz automatisch über die vorletzte Treppenstufe, die fürchterlich quietscht, wenn man drauftritt, weil Papa sie immer noch nicht repariert hat. (Julia findet, sie klingt wie eine kranke Katze, und seitdem muss ich immer daran denken, wenn ich versehentlich drauftrete, jedes Mal.) In der Küche höre ich schon meine Eltern miteinander reden. Oder besser gesagt, ich höre meine Mutter reden, die meinem Vater erzählt, was für einen schrecklichen Film sie gesehen hat – wenn auch mit Sicherheit nicht so schrecklich wie der Film in meinem Kopf. Denn während ich jetzt zum Kühlschrank schlurfe, sehe ich wieder Anouks wehendes goldblondes Haar, ich sehe Ben lächelnd seine Handykamera einstecken, ich sehe, wie sich ihre Gesichter aufeinander zubewegen und Anouk leicht ihre Lippen öffnet ... genug.

»Die Hauptdarstellerin weiß also, dass in ihrer Gegend ein Psychopath wohnt, der in alle Häuser einbricht, wo Blumen am Fenster stehen. Und dann bekommt sie von ihrem Freund einen Strauß roter Rosen geschenkt – und was macht sie?« Meine Mutter starrt Papa und mich abwechselnd an, und ich bemerke die typischen roten Flecken an ihrem Hals, die sie immer kriegt, wenn sie sich aufregt.

»Sie stellt die Blumen ans Fenster?«, fragt Papa abgelenkt, der gerade mit dem Kreuzworträtsel der Morgenzeitung beschäftigt ist.

»Exakt! Sie stellt den Strauß roter Rosen ans Fenster! Haben sich die Drehbuchschreiber da überhaupt irgendwas dabei gedacht?« Sie steht abrupt auf und fährt sich hektisch durch die langen schwarzen Haare. Ich hole mir eine Tüte Milch aus dem Kühlschrank und sage nichts. Mama ist von Beruf Filmkritikerin, und am Anfang fand ich es ja noch irgendwie cool, dass sie zu jedem Film eine Meinung hatte. Aber spätestens, als sie sich bei Arielle nicht mehr eingekriegt hat, weil die Gabel, mit der sich Arielle die Haare kämmt, in der einen Szene vier und in der nächsten nur noch drei Zinken hatte, ist meine Begeisterung für ihren Job deutlich zurückgegangen. Und das ist inzwischen schon gute sechs Jahre her.

»Der verdammte Toaster spinnt schon wieder«, stöhnt Mama in dem Moment. Sie starrt den Toaster an, als wäre er ihr Todfeind, und gibt ihm einen Schlag auf das silberfarbene Gehäuse. Mir ist der Toaster egal, weil ich sowieso keinen Hunger habe. Ich muss die ganze Zeit nur an Anouk und ihren Möglicherweise-Kuss mit Ben denken, und das reicht, um keinen Bissen runterzukriegen.

»Soll ich mich um den Toaster kümmern?«, fragt Papa hinter seiner Morgenzeitung hervor.

»Nein!«, antwortet Mama hastig, weil mein Vater ein

Talent dafür hat, kaputte Sachen noch kaputter zu machen. Zum Glück hat er noch andere Talente, sonst könnten wir uns unmöglich das Haus leisten, in dem wir wohnen.

»Ich geh dann mal«, sage ich, nachdem ich meinen kalten Kakao runtergewürgt habe.

»Jetzt schon?« Mama guckt mich an. »Alles in Ordnung, Schätzchen?«

»Ja, alles bestens.« *Bis auf den Umstand, dass ich nie wieder ein Wort mit Anouk wechseln werde.* Ich stehe auf, stelle meine Tasse in den Geschirrspüler und gebe Papa einen Kuss auf die kratzige Wange.

»Viel Spaß in der Schule«, murmelt er.

»Viel Spaß in der Anwaltskanzlei«, gebe ich im selben Tonfall zurück und winke Mama. »Und viel Spaß beim Filmegucken.«

»Das ist harte Arbeit«, erwidert meine Mutter und nimmt noch einen Schluck von ihrem Kaffee. Dann streicht sie sich kopfschüttelnd über ihren bunten Rock. »Ich würde doch niemals einen Strauß Rosen ans Fenster stellen, wenn hier ein Psychopath rumschleichen würde.«

Auf dem Weg zur Schule sehe ich Ben. Es ist wirklich selten, dass er hier entlangfährt, eigentlich ist es für ihn ein Umweg, die Kastanienallee zu nehmen, aber aus welchem Grund Ben auch immer entschieden hat, heute auf sein Rad zu steigen – ein mattschwarzes, jede andere Farbe würde nicht so einen coolen Kontrast zu seinen dunkelblonden Surferlocken bilden, die beinahe genau denselben Farbton haben wie meine eigenen Haare, was ihm sicher noch nie aufgefallen ist, mir aber schon –, aus welchem Grund auch immer er also entschieden hat, heute auf sein Fahrrad zu steigen und genau hier entlangzudüsen, ich will daran glauben, dass es etwas zu bedeuten hat. Vielleicht ist es ein Wink des Schicksals, das mir zurufen möchte: Keine Sorge, Flo, dieser total süße Typ würde doch n i e m a l s mit deiner Freundin Anouk rumknutschen!

Ich bleibe stehen und blicke Ben hinterher, der rasch kleiner wird. Nein. Vermutlich will mir das Schicksal doch nichts sagen.

»Mund zu, es zieht«, höre ich eine spöttische Stimme hinter mir und fahre herum. Moritz ist neben mir aufgetaucht. Und der Blödmann sieht überhaupt nicht aus wie Percy Jackson. Kein bisschen.

Ich klappe den Mund zu, den ich maximal zwei Zentimeter geöffnet hatte, und suche fieberhaft nach einer passenden Antwort. Aber die Flolitis schlägt wieder erbarmungslos zu.

Moritz lächelt mich leicht mitleidig an, rückt seinen Rucksack lässig auf der Schulter zurecht und geht weiter.

»Hey!«, rufe ich ihm nach.

Er zieht eine dunkle Augenbraue hoch und dreht sich halb um. »Was?«

Ich spüre, wie ich rot anlaufe. »Lass mich ... Lass mich einfach in Ruhe!«, fauche ich lahm.

»Sorry«, gibt Moritz unbeeindruckt zurück. »Ich wusste nicht, dass dich das so aus der Fassung bringt. Geht's wieder oder brauchst du jetzt 'ne Stunde beim Psychodoc?«

Ohne meine Antwort abzuwarten, dreht er sich wieder um und schlendert weiter.

Ich starre ihm fuchsteufelswild hinterher. Doch sosehr ich mir auch wünsche, mir möge etwas Schlagfertiges einfallen – da ist nichts außer gähnender Leere.

»Psychodoc«, schnaube ich zwanzig Minuten später und starre Julia an, die hektisch in ihrer Schultasche herumsucht. »Als müsste ich mich auf die Couch legen, um Moritz' ätzenden Kommentar zu verarbeiten. Der Typ kann mich mal.«

Julia nickt pflichtschuldig, aber ich merke genau, dass sie mir nicht wirklich zuhört.

»Was suchst du eigentlich?«, frage ich gereizt und hole mein Englischbuch aus dem Rucksack.

»Meine Mathehausaufgaben«, schnauft Julia. »Keine Ahnung, wo die schon wieder sind.«

Ich erspare mir den Kommentar, dass sie wahrscheinlich irgendwo in dem kreativen Chaos auf Julias Schreibtisch unter den Porträts ihrer heimlichen Angebeteten begraben liegen und dort verzweifelt um Hilfe rufen. Stattdessen spult sich die Szene mit Moritz wieder vor meinem inneren Auge ab, und ich höre ihn sagen: *»Mund zu, es zieht.«*

Betont langsam drehe ich mich zu ihm um. Er hat ein spöttisches Grinsen im Gesicht, das ich gelassen erwidere.

»Sorry, ich wusste nicht, dass du so zugempfindlich bist. Genau wie meine arme Tante Elfriede.« Ich schüttle mitleidig den Kopf. »Ich kann euch ja mal bekannt machen, die haben da super Wärmepflaster im Altersheim.«

Ich schwelge gedanklich noch immer in dem verdutzten Gesichtsausdruck von Moritz, als Anouk die Klasse betritt. Sie trägt Skinny Jeans mit einem coolen schwarzen T-Shirt und einer asymmetrisch geschnittenen Jacke. Die langen blonden Haare fallen ihr seidig über die Schultern.

Anouk grüßt Julia mit einem kurzen Nicken, wirft keinen einzigen Blick in meine Richtung und setzt sich mit kerzengeradem Rücken auf ihren Platz direkt vor uns. Ich starre sie an und finde es furchtbar, dass sie so *wunderschön* sein muss. Bisher war ich immer stolz darauf, so eine superhübsche Freundin zu haben, die ohne Weiteres bei Germany's Next Topmodel mitmachen könnte, aber wenn sie sich an Ben rangeschmissen hat, obwohl sie weiß, dass ich schon seit der Fünften auf ihn stehe, dann ist es einfach nur ätzend.

»Good morning, boys and girls«, begrüßt uns unsere Englischlehrerin, die mit Vorliebe selbst gemachte braune Strickwesten trägt und irgendwas zwischen 50 und 100 ist.

»Good morning, Misses Dragon«, blökt die Klasse zurück. Mrs Dragon heißt in Wirklichkeit zwar Frau Tregen, aber ein paar der Jungs haben vor einem Jahr angefangen, ihren Namen ganz weich auszusprechen, dass Dregen daraus wurde, und von dort war es nur noch ein winziger Schritt zu Dragon.

»We start with a little vocabulary exercise«, sagt der Drache in dem Moment, und ein gemeinschaftlicher Stoßseufzer weht durch den Raum.

»Was für eine Überraschung«, murmele ich in mich hinein, während ich aus dem Augenwinkel beobachte, wie Anouk in Windeseile ihr Vokabelheft aus der Tasche zieht, es aufschlägt und mit gespitztem Bleistift darauf wartet, dass es losgeht. Sie kann echt so eine Streberin sein.

»Invitation«, beginnt der Drache die Vokabelübung, und Julia quiekt leise neben mir.

»Was ist los?«, flüstere ich, während ich das Wort »Invitation« in die linke Spalte und »Einladung« in die rechte Spalte des Vokabelheftes schreibe.

Julia sieht aus, als hätte sie in eine Chilischote gebissen. Oder Justin Biebers neuen Hairstyle auf Instagram gesehen. So genau kann man das bei ihr nicht sagen.

Auf alle Fälle ist sie komplett neben der Spur, ihre braunen Augen sind fast so kugelrund wie die von Mr Minion und sie fächelt sich mit halb geöffnetem Mund Luft zu.

»Nicht so auffällig«, zische ich ihr zu, während sie mir mit einer dramatischen Geste ihr Handy unter der Bank hinstreckt. Ich werfe einen Blick auf die Tregen, die sich gerade von ihrem Stuhl hochstemmt und sich anschickt, durch die Klasse zu wandern. Dabei guckt sie ganz genau auf jeden einzelnen Tisch, während ihre Lippen einen schmalen Strich bilden.

»Century«, sagt der Drache als Nächstes, und Julia schnauft erstickt. Ich nehme mit der linken Hand rasch ihr Telefon und schreibe mit rechts »Century« und »Jahrhundert« nebeneinander. Dann werfe ich einen schnellen Blick auf das Display. Julia ist in allen möglichen WhatsApp-Gruppen, unter anderem in der »9b & friends«. Mein Herz schlägt schneller, als ich in der Gruppe Bens Namen lese. Und daneben eine Nachricht von ihm mit der Einladung zur Party des Jahrhunderts.

»Oh mein Gott! Ich dachte, die Stunde hört nie auf!«, schnaubt Julia theatralisch, als die Tregen das Klassenzimmer mit einem Haufen Vokabelhefte unter dem Arm verlassen hat. Mit einem Ächzen lässt sie sich auf ihrem Stuhl zurücksinken und klatscht den Handrücken gegen ihre Stirn. Anouk packt in der Zwischenzeit gewissenhaft ihr Englischbuch zurück in ihre Tasche und wirft Julia einen kurzen Blick zu.

»Was war denn vorhin los?«, fragt sie ruhig und tut dabei so, als wäre ich Luft. Blöde Kuh.

»Es war absolut irre!«, flüstert Julia und beugt sich mit glänzenden Augen nach vorne. »Der Drache kommt rein und ich will gerade mein Handy wegpacken, da krieg ich eine Nachricht aus der ›9b & friends‹. Und da fragt jemand, ob die Einladungen schon raus sind. Und ich denk mir: Hä? Was für Einladungen? Und der Drache so: Vokabeltest. *Invitation*. Und ich so: Kann jetzt aber nicht wahr sein!« Sie schüttelt ungläubig den Kopf, dass ihre schwarzen Locken nur so fliegen. »Und dann schreibt Ben, er schmeißt die Party des Jahrhunderts. Und der Drache so: *Century*. Und ich so: Oh Gott, ich glaub, ich krieg keine Luft mehr!« Julia schnappt lachend nach Luft, während Anouk und ich angestrengt den Blickkontakt miteinander vermeiden. In solchen Situationen wünschte ich, Julia wäre nur *meine* Freundin, dann könnte ich Anouk einfach für den Rest meines Lebens aus dem Weg gehen. Oder zumindest so lange, bis ich sie mir nicht mehr in jeder Sekunde an Bens Lippen hängend vorstelle.

Julia schaut zwischen uns hin und her.

»Hey, Leute«, sagt sie etwas leiser. »Ich weiß, das ist scheiße gelaufen gestern, und ich will mich auch nicht auf eine Seite schlagen, aber wollt ihr euch nicht wieder vertragen? Es macht echt keinen Spaß, wenn ihr euch so anzickt.«

»*Ich* zicke hier niemanden an«, sagt Anouk kühl und setzt sich noch etwas gerader hin.

»Und *ich* muss noch den Schlüssel für den Werkraum zurückgeben«, sage ich steif und stehe auf. Lasse wirft uns quer durch den Raum einen unfreundlichen Blick zu. Blödmann. Und mit Lasses fiesem Blick und Julias tiefem Seufzen im Rücken verlasse ich die Klasse.

Den ganzen Weg zum Hausmeister drehen sich meine Gedanken wüst im Kreis. Ich wünschte, Anouk würde aufhören, so unglaublich arrogant zu sein, und endlich mal mit der Wahrheit rausrücken, was beim Flyerverteilen wirklich passiert ist. Und zweitens würde ich gern aufhören können, ständig an Bens Party zu denken, zu der ich sicher nicht eingeladen bin. Aber falls doch: Wie hammermäßig bitte wäre das? Ich bin noch immer so mit dem Tohuwabohu in meinem Kopf beschäftigt, dass ich kaum merke, wie mir der Hausmeister die Tür zu der Rumpelkammer öffnet, die er sein Büro nennt.

»Ja?«, fragt er mürrisch und sieht mich unfreundlich an.

»Ich ... Ich ...« Mein Kopf ist wie leer gefegt. Alles weggepustet. Nur noch so ein Heuballen treibt darin herum, wie bei den alten Westernfilmen, bevor der Cowboy in die verlassene Stadt reitet.

Mit hochrotem Kopf drücke ich ihm den Schlüssel für die Bastelkammer in die Hand und bemerke dabei, dass er lauter Kratzer und unter den Fingernägeln total eklige rote Ränder hat. Sieht aus wie getrocknetes Blut, aber natürlich sage ich ihm das nicht. Stattdessen drehe ich mich um und mache, dass ich wegkomme.

Ich komme genau zum Beginn der Deutschstunde zurück in die Klasse. Von der Michalek ist weit und breit noch nichts zu sehen und ich lasse mich neben Julia auf meinen Stuhl fallen. Anouk hat sich schon ganz strebermäßig zur Tafel umgedreht und Julia hört Musik aus ihren Kopfhörern.

»Der Hausmeister sieht aus, als hätte er jemanden ermordet«, flüsterte ich ihr zu.

»Was?«, fragt Julia und runzelt die Stirn.

»Der Hausmeister«, wiederhole ich einen Tick lauter. »Seine Hände sind total zerbissen und unter seinen Fingernägeln sind rote Ränder. Ich frage mich, was der in seiner Wohnung treibt.«

»Wahrscheinlich irgendwelche satanischen Blutmessen«, grinst Julia und zieht die Ohrstöpsel aus ihren Ohren. »Hat er wieder so böse geguckt?«

»Ich glaube, der kann gar nicht anders gucken.«

»Satanische Blutmessen. Ernsthaft, Fräulein Weißenbacher?«, sagt die Michalek in dem Moment hinter uns, und wir fahren beide zusammen. »Genau so entstehen

Gerüchte und von dort ist es nur noch ein kleiner Schritt zum Mobbing.«

Julia wirft mir einen schiefen Blick zu, der bedeuten soll: *Wer ist hier die Dramaqueen?*, während die Michalek schon an uns vorbei nach vorne fegt. Sie riecht gut, aber sie ist mal wieder fürchterlich angezogen. Zu der rot-gelb gestreiften Bluse trägt sie einen langen schwarzen Rock, wodurch sie eine verblüffende Ähnlichkeit mit der Deutschlandflagge aufweist. Nur dass die nicht so eine zerzauste Vogelnestfrisur auf dem Kopf hat. (Okay, die Deutschlandflagge hat überhaupt keinen Kopf. Egal.)

»Guten Morgen«, sagt die Michalek zur Klasse und sieht uns nacheinander ruhig an. »Heute geht es um das Thema Mobbing. Fräulein Weißenbacher hat uns dazu auch ein wunderbares Stichwort geliefert.«

Vierundzwanzig Köpfe drehen sich um und sehen Julia an. Die beginnt breit zu lächeln und neigt leicht den Kopf mit den schwarzen Locken.

»Gern geschehen«, sagt sie gönnerhaft. »Autogramme gebe ich in der nächsten Pause.« Ein paar kichern und ich sehe sie bewundernd an. Keine Ahnung, wie Julia das macht, aber ich könnte es auch gerne.

»Also. Mobbing«, greift die Michalek das Thema wieder auf. »Welche Formen von Mobbing kennt ihr?« Ihre rauchblauen Augen wandern über die Klasse. Ich versuche, mich nicht zu ducken, weil ich gemerkt habe, dass sie mich dann ganz besonders gerne drannimmt. Natürlich weiß ich, was Mobbing ist, habe aber trotzdem keine Lust, es vor der ganzen Klasse laut zu sagen.

Anouk zeigt auf.

»Ja, Anouk?« Die Michalek lächelt freundlich, so wie alle Lehrer freundlich lächeln, wenn die hübsche, fleißige Anouk sich meldet.

»Es gibt direkte und indirekte Formen von Mobbing«, antwortet Anouk wie aus dem Lehrbuch. »Direkt bedeutet, dass jemand verbal oder körperlich angegriffen wird, indirekt ist es, wenn jemand ausgeschlossen wird. Wie zum Beispiel, wenn man sich hinter seinem Rücken über ihn lustig macht«, fügt sie nach einer kurzen Pause hinzu.

Die Michalek nickt. »Das ist richtig. Und manchmal ist es gar nicht so einfach, die Grenze zwischen einer harmlosen Blödelei auf der Mädchentoilette und einem Mobbingangriff zu ziehen.«

Ein paar Mädchen aus der Klasse beginnen zu tuscheln, und ich sehe, wie Julia weiß wird und etwas tiefer auf ihrem Sitz rutscht.

»Doch heute«, spricht die Michalek weiter, »beschäftigen wir uns mit Cybermobbing. Wie ihr wahrscheinlich mitbekommen habt, gab es vor Kurzem einen solchen Vorfall an unserer Schule.«

Es ist ungewöhnlich still in der Klasse, und ich weiß nicht, ob sich manche angesprochen fühlen oder einfach Schiss haben, so dazustehen, als hätten sie mitgemacht.

»Das Mädchen, um das es geht, ist vom Unterricht suspendiert worden, und ich finde es wichtig, nicht so zu tun, als wäre nichts passiert.«

Die Klasse schweigt. Wir alle wissen, um wen es geht. Greta aus der 9a. Ich erinnere mich an die ätzenden Kommentare auf Facebook, weil Greta einen USB-Stick mit Prüfungsfragen geklaut hat und aufgeflogen ist.

Und dann nimmt die Michalek das Thema und zieht es über die ganze Stunde, bis jeder von uns eine wirklich supergenaue Vorstellung davon hat, wie Mobbing entsteht, was es bei der betreffenden Person bewirkt, warum man es nicht tun sollte, wie man einem Mobbingopfer helfen kann, wie man sich als Mobbingopfer wehren soll, und immer so weiter, bis ich das Wort Mobbing nicht mehr hören kann, weder in echt noch in meinem Kopf. Und als wäre das nicht genug, müssen wir dann auch noch einen Aufsatz darüber schreiben, warum Mobbing nicht gut ist und wie sich ein Mobbingopfer fühlt, weil die Michalek gerne *unsere Gedanken* dazu hören würde und sich wünscht, dass wir uns *auch mal in die Lage eines anderen* versetzen.

Als die Glocke endlich zur nächsten Pause klingelt, ist ein kollektives Seufzen zu vernehmen.

»Florentine, kommst du bitte noch einen Moment nach vorne«, fordert mich die Michalek auf, und ich sehe vierundzwanzig Augenpaare in meine Richtung wandern.

Prompt schießt mir das Blut in den Kopf, als ich aufstehe und nach vorne gehe. Die Michalek blickt mir lächelnd entgegen. Das Lächeln sieht nett aus, aber das bedeutet noch gar nichts. (Vor zwei Jahren hat sie mich mit einem ebenso netten Lächeln gezwungen, zu Weihnachten ein Adventsgedicht in der Aula der Schule vorzutragen. Vor Schülern u n d Lehrern. Ich hab das mal gegoogelt. Das nennt sich wohl Konfrontationstherapie oder so.)

»Florentine«, sagt die nette oder weniger nette Michalek mit gedämpfter Stimme, »ich wollte dir nur sagen, dass ich mich schon sehr auf deinen Aufsatz freue. Gerade wenn man schüchtern ist, kann es helfen, gedanklich in die Rolle eines anderen zu schlüpfen. Versuch es einfach mal, nicht nur beim Schreiben, sondern auch, wenn du das nächste Mal vor der Klasse sprichst.«

Ich starre die Michalek an, spüre die Blicke der anderen auf mir, die trotz Pause im Klassenzimmer sitzen bleiben, und wünschte, es würde sich spontan ein Loch im Laminat auftun. Es darf auch Lava darunter sein, ich nehme selbst die superheiße aus dem Vulkan im Zentrum von Mordor, wenn ich nur nicht weiter hier stehen und mich von der Michalek demütigen lassen muss.

»Ach ja, und das Sommergedicht habe ich natürlich nicht vergessen«, fügt sie hinzu. »Du kannst es am Anfang der nächsten Stunde vortragen.«

»Oh bitte nicht«, stöhnt Lasse, der sich total zufällig

gerade hier vorne herumdrückt, und ich würde ihm gerne eine schlagfertige Antwort an den Kopf werfen, aber natürlich fällt mir wieder nichts ein, weshalb ich mich einfach nur umdrehe und gehe.

KAPITEL 4

Zu Hause bin ich noch immer wütend auf die Michalek. Ebenso auf Lasse und auf Anouk, die den Rest des Tages so getan hat, als hätte *ich* irgendwas falsch gemacht.

»Die sind einfach so blöd«, erzähle ich Mr Minion, der stumm in seinem Aquarium herumschwimmt, aber ich glaube, dass er mir zunickt.

»Und die Michalek mit ihrer bescheuerten Mobbing-Hausaufgabe ist auch nicht besser«, murre ich weiter und schiebe einen Keks in meinen Mund, während ich auf das Worddokument auf meinem Laptop starre. Weit bin ich noch nicht gekommen.

Drei Gründe, die gegen Mobbing sprechen:

1. Es ist nicht nett.
2. Die Buddhisten glauben, dass alles, was wir tun, Auswirkungen auf unser zukünftiges Leben hat. (= Karma.) Man sollte daher versuchen, nett zu

sein, um nicht Gefahr zu laufen, als Ameise wiedergeboren zu werden.

3. |

Der Cursor blinkt nach dem dritten Punkt, und ich habe keine Ahnung, was ich noch schreiben soll. Die Michalek spukt mir im Kopf herum, wie sie mir sagt, ich solle mal in eine andere Rolle schlüpfen, um meine Schüchternheit zu überwinden. Vielleicht sollte sie mal in ein anderes Outfit schlüpfen, damit man keinen Augenkrebs bekommt, wenn man sich ihre wüsten Farbkombinationen ansieht.

Die Türklingel reißt mich aus meinen Gedanken. Automatisch stoße ich mich von der Tischkante ab und rolle mit dem Schreibtischstuhl zu meinem Fenster. Unten liegt Julias weißes Fahrrad quer auf unserem Rasen und im nächsten Moment höre ich sie schon die Treppe hinaufpoltern.

»Hallo, Julia«, ertönt die Stimme meines Vaters, der heute extra früher von der Arbeit heimgekommen ist, um endlich die vorletzte Treppenstufe zu reparieren.

»Hallo, Herr Brandt«, keucht Julia, und schon wird meine Tür aufgerissen, und Julia fegt in mein Zimmer.

»Was ist los?«, frage ich, als ich ihren hochroten Kopf sehe.

»Anouk«, speit mir Julia entgegen, und es klingt wie

ein dothrakisches[1] Schimpfwort. Sie fährt sich mit beiden Händen durch die schwarzen Locken und sieht aus, als stünde sie kurz davor, irgendwas in die Hand zu nehmen und gegen die nächste Wand zu donnern. Ich schiele auf Mr Minion, der unbeeindruckt an einer Wasserpflanze mümmelt. Zum Glück ist sein Aquarium zu groß, um es als Wurfobjekt zu missbrauchen.

»Was ist mit Anouk?«, frage ich und rolle zurück zum Schreibtisch.

Julia lässt sich mit einem theatralischen Stöhnen auf mein Bett fallen. »Sie ist so blöd!«, schreit sie inbrünstig.

»Wieso? Hat sie jetzt auch noch mit Moritz rumgeknutscht?«

»Nein.« Julia setzt sich auf dem Bett auf und das wütende Funkeln ist wieder in ihren Augen zu sehen. »Schlimmer. Sie hat in der Klasse herumerzählt, dass ich die Karikatur von Moritz auf der Mädchentoilette gezeichnet habe.«

»Nein! Echt jetzt?«

Julia nickt heftig. »Valerie hat es mir erzählt. Du weißt ja, die kann nichts für sich behalten.«

»Anouk kann anscheinend auch nichts für sich be-

---

1 Die Dothraki sind ein kriegerisches Reitervolk aus der Fernsehserie »Game of Thrones«. Natürlich erlauben meine Eltern nicht, dass ich die schon gucke, aber ich hab eines der Bücher von George R. R. Martin gelesen. Leider hat Mama dann die Altersempfehlung ab 16 entdeckt, und jetzt heißt es leider warten.

halten«, sage ich kopfschüttelnd. »Ich fasse es nicht, dass sie das gepetzt hat.«

Julia steht wieder auf und tigert in meinem Zimmer auf und ab. »Was soll ich denn jetzt machen? Die werden mich alle dissen!«

»Niemand wird dich dissen«, widerspreche ich energisch. Julia ist im Dramaqueen-Modus Stufe eins. Sobald sie in Stufe zwei wechselt (schriller Tonfall, abgehackte Bewegungen), ist es nur noch ein winziger Schritt zu Stufe drei. Und Stufe drei ist wirklich übel.

»Ich kann morgen nicht in die Schule gehen«, schnauft sie. »Und ich werde Anouk NIE WIEDER ein Geheimnis anvertrauen!«

»Hast du sie schon darauf angesprochen?«, frage ich.

Julia sieht mich an, als hätte ich sie gefragt, ob sie Heiko oder Roman von den Lochis cooler findet. (Natürlich Roman, weil er angeblich viel süßer ist. Dass die beiden eineiige Zwillinge sind und Roman nur eine andere Frisur hat, möchte Julia nicht hören.)

»Wie stellst du dir das vor, Flo?«, schnappt Julia. »Soll ich etwa hingehen und sagen: Hallo Anouk, ich habe gehört, du tratschst überall herum, dass ich das Bild von Moritz im Mädchenklo gezeichnet habe, was hast du dir dabei gedacht, lass uns mal darüber reden?«

Ich zucke mit den Schultern. »So ungefähr.«

»Ich hab aber keine Lust, mit ihr zu reden!«, keift Julia schrill.

Oh, oh. Dramaqueen-Modus Stufe zwei.

»Schon gut«, sage ich und versuche, Mr Minions beruhigenden Blick nachzuahmen. »War ja nur eine Idee.«

Julia schnaubt und bleibt stehen. Einen Moment lang herrscht Stille.

»Soll ich mal googeln, was du tun könntest?«, frage ich, weil mir auch nichts mehr einfällt.

»Was willst du da googeln? Verräterische Freundin petzt Geheimnisse?«

Ich muss grinsen und tippe »Verräterische Freundin petzt Geheimnisse« in die Suchmaschine.

»Fast 8.000 Ergebnisse. Schau.«

Ich drehe meinen Laptop in Julias Richtung.

»Lass mal sehen.« Sie quetscht sich neben mich auf meinen Schreibtischstuhl und zeigt auf den Eintrag eines Onlinemagazins. »Klick mal da drauf.«

Ich tue es und vor uns öffnet sich ein neues Fenster.

»Deine beste Freundin hat dich verraten? Es ist ein echt mieses Gefühl, wenn so etwas passiert. Wir sagen dir, wie du am besten mit der Situation umgehst«, liest Julia vor.

»Hier steht auch, dass du sie zur Rede stellen solltest«, sage ich und fahre mit dem Mauszeiger über die Stelle.

»Na, super.« Julia bläst sich eine schwarze Locke aus der Stirn. »Als ob das was bringen würde. Die kennen Anouk nicht.«

»Ihr seid so gemein!«, äffe ich Anouks Tonfall in der Turnhalle nach.

»Keiner versteht mich!«, setzt Julia dramatisch hinzu.

Ich muss kichern. »Das hier würde der Michalek jetzt sicher gefallen ... wir versetzen uns gerade verdammt gut in Anouk hinein.«

Julia grinst. »Ja, das fände sie sicher klasse, so einfühlsam wie wir sind.«

»Das würde Anouk auch nicht schaden, ein wenig einfühlsamer zu werden«, murmele ich. »Anscheinend hat sie überhaupt nicht nachgedacht, bevor sie das von Moritz herumerzählt hat.«

»Sehe ich genauso«, antwortet Julia mit Bestimmtheit und schnappt sich einen Keks. »Anouk denkt nicht im Vorhinein, Anouk *leidet im Nachhinein*.«

»Weil die Arme mit Ben knutschen musste«, füge ich hinzu.

Julias Zeigefinger landet auf einem Icon der Internetseite, das aussieht wie das Superman-Symbol – nur mit einem fetten Z in der Mitte statt einem S. Darunter steht: *Hast Du Sorgen? Frag Dr. Zomp!*

»Schade, dass Anouk nicht hier ist. Da könnte sie all den Schmerz rauslassen, den es ihr verursacht, mit uns beiden befreundet zu sein.« Ihre Worte triefen nur so vor Sarkasmus, während sie den Keks verputzt. Ich klicke auf das Dr.-Zomp-Logo und komme zu einer Eingabemaske.

»Betreff?«, frage ich.

»Mein Leben ist eine Katastrophe!«, erwidert Julia mit Nachdruck.

Kichernd tippe ich den Satz ein. Darunter schreibe ich:

Lieber Dr. Zomp!
Ich weiß nicht, was ich tun soll! Ich bin das hübscheste Mädchen in der ganzen Klasse und die Jungs reißen sich um mich, aber trotzdem bin ich nicht glücklich. Mein Leben ist eine Katastrophe!

»Schreib: *eine einzige Katastrophe*«, merkt Julia an.

Mein Leben ist eine einzige Katastrophe! Ich bin zwar total gut in der Schule, aber ich kann überhaupt keine Geheimnisse für mich behalten. Was soll ich nur tun?

»Was soll ich nur tun?«, schreit Julia theatralisch und rauft sich die Haare.

Und das ist noch nicht alles, tippe ich. *Außerdem habe ich noch ein riesiges Muttermal auf dem Po, von dem keiner weiß. Ich schäme mich so und habe das Gefühl, dass ich mich innerlich selbst dafür mobbe!*

»Echt jetzt?«, fragt Julia und nimmt sich noch einen Keks. »Anouk hat ein fettes Muttermal am Hintern?«

Ich nicke. »Hab ich mal gesehen, als sie bei mir übernachtet hat. Es war ihr total unangenehm. Ich bin unabsichtlich ins Bad geplatzt, als sie gerade duschen wollte. Sie hat sofort das Handtuch über ihren Hintern gehalten und mich angezischt, ich solle verschwinden.«

»Krass«, grinst Julia. »Schreib noch, dass sie auf Moritz steht.«

»Anouk steht auf Moritz?«

Julia hebt eine schwarze Augenbraue. »Wieso hätte sie sonst rumerzählen sollen, dass ich das Bild von ihm gezeichnet habe? Ich sag dir, sie wollte sich bei ihm einschleimen.«

Ich schnaube und fische mir jetzt auch einen Keks aus der Packung. »Ich kann überhaupt nicht verstehen, wie irgendjemand auf dieser Welt auf Moritz stehen kann.« Im nächsten Moment wird mir mein Fehler bewusst. »Tschuldigung«, murmele ich in Julias Richtung und stopfe den Keks in mich hinein.

»Schon gut«, erwidert sie gönnerhaft. »Ich bin drüber weg.«

»Und das ist auch gut so«, bekräftige ich. »Moritz ist ein totaler Arsch.«

»Wieso eigentlich?«, fragt Julia plötzlich. Ich fühle, wie sich meine Finger um die Maus verkrampfen.

»Er war an meinem sechsten Geburtstag total blöd zu mir.«

»Ja, aber was hat er genau gemacht?« Julia sieht mich interessiert an. Ihre Neugier ist manchmal echt anstrengend.

»Ich will nicht drüber reden, okay?«

»Okay«, erwidert sie gedehnt. »Fällt dir auf, dass du nie drüber reden willst?« Sie fischt sich noch einen Keks aus der Packung und steckt ihn in den Mund.

Ich verdrehe die Augen. »Wollen wir jetzt weiterschreiben oder nicht?«

»Und ob wir weiterschreiben wollen«, grinst sie.

Außerdem glaube ich, dass mit mir irgendwas nicht stimmt, tippe ich in das Textfeld. *Ich stehe nämlich total auf den Nachbarsjungen meiner Freundin, obwohl er ein Eichhörnchen-Mörder ist und beim Zelten in seinen Schlafsack gepinkelt hat. Ist das noch normal?*

Julia schnappt nach Luft. »Whaaat? Moritz hat in seinen Schlafsack gepinkelt? Bitte sag, dass du das nur erfunden hast!« Sie fächelt sich hektisch mit der Hand Luft zu.

»Ist die Wahrheit«, sage ich staubtrocken. »Ich weiß es von seiner Mutter. Die hat es meiner Mutter erzählt. Angeblich hat er den Reißverschluss nicht aufgekriegt.« Ich hebe beide Augenbrauen.

Julia schlägt sich kichernd die Hand vor den Mund. »OMG! Wann war das?«

Ich winke ab. »Keine Ahnung. Ist irgendwann in der Grundschule passiert.«

Julia holt tief Luft. »Wir sollten nicht darüber lachen.« Sie sieht mich ernst an und ahmt dabei den Blick der

Michalek perfekt nach. »Wir sollten uns in den armen Jungen hineinversetzen.«

Wir sehen uns für ein paar Sekunden lang unbewegt an, bevor wir beide in hysterisches Gelächter ausbrechen.

»Irgendjemand sollte sich mal in die Michalek hineinversetzen«, japse ich nach ein paar Minuten und wische mir die Lachtränen aus den Augenwinkeln. »Und den Inhalt ihres Kleiderschrankes beim nächsten Zelten ins Lagerfeuer schmeißen.«

»Dann kriegt sie vielleicht auch endlich einen Mann ab«, sagt Julia, und ich grinse, als ich weitertippe.

Ich habe schon überlegt, mich meiner Deutschlehrerin anzuvertrauen, aber ich glaube, sie hat echt genug eigene Probleme. Zum einen trägt sie immer schreckliche Blusen und Röcke, die überhaupt nicht zusammenpassen, und dazu noch so einen hässlichen Dutt, der aussieht, als ob kleine Vögel darin nisten würden. Kein Wunder, dass sie noch immer Single ist. Ich war schon in der Kita besser gekleidet, aber das kann ich ihr ja schlecht sagen. Noch dazu, wo sie so ein netter Mensch ist und sich ständig für die Probleme der anderen interessiert. Gut, sie mischt sich gnadenlos ein, aber immerhin zählt doch die Absicht, oder?

»Perfekt getroffen«, kichert Julia. »Unsere brave, liebe, schrecklich korrekte Anouk!«

Und dann ist da noch Lasse, tippe ich weiter, weil ich jetzt schon in Fahrt bin. *Er ist der größte Blödmann in der ganzen Klasse und macht sich ständig über andere lustig, obwohl er selbst Sommersprossen hat, die so aussehen, als hätte er sich mit einem roten Edding Punkte ins Gesicht gemalt. Ich möchte nicht unfair sein, aber manchmal hasse ich Lasse. Genauso wie den Rest meiner Klasse. Alle meine Mitschüler glauben, dass ich es so leicht habe, nur weil meine Eltern Lehrer sind. Dabei liegt es gar nicht an meinen Eltern. Meine Mitschüler sind in Wirklichkeit einfach nur strohdumm und haben es deshalb schwerer.*

Meine negativen Gefühle erschrecken mich. Was soll ich nur tun?

»Lachflash!«, schreit Julia und lässt sich kichernd auf den Boden fallen. »Und nimm noch die Fangirlie-Fraktion rein!«

Ich möchte schließlich nicht so enden wie die ganzen dummen Hühner aus meiner Klasse, tippe ich. *Die sind alle so k i n d i s c h. Sie himmeln unseren Mathelehrer an, als ob er der einzige Mann in der ganzen Schule wäre. Okay, wenn man sich im Vergleich dazu den mürrischen Hausmeister ansieht, der mehr Haare auf den Armen als auf dem Kopf hat, dann ist das sogar verständlich.*

Nun, lieber Dr. Zomp – haben Sie einen Rat für mich?
Ein Mädchen auf der Suche nach Antworten

»Grandios!«, schreit Julia. »Und abschicken!«

»Bist du verrückt?«, frage ich lachend. »Das können wir nicht machen.«

»Aber es ist doch die Wahrheit!« Julia setzt sich auf die Kante meines Schreibtisches. »Dieser Brief, Flo, ist wahrscheinlich der ehrlichste Brief, den dieser Dr. Zomp jemals bekommen hat.«

»Weil er nicht echt ist?«, grinse ich.

»Genau! Weil so ein gefakter Brief die Wahrheit enthält, während die ganzen echten sicher einen Teil verheimlichen.« Julia lächelt mich an und hebt die Augenbrauen, und ich lächle breit zurück, und dann knallt unser Gartentor so laut gegen den Zaun, dass wir beide zusammenfahren und die Computermaus verrutscht. Und dann geht alles ganz schnell. Julia beugt sich über die Tastatur, um aus meinem Fenster zu sehen, stützt sich dabei ganz blöd auf meinem Arm ab, sodass meine Finger auf die Maustaste drücken, und dann macht es plötzlich KLICK, und Julia schreit, dass Moritz die Finger von ihrem Fahrrad lassen soll, und ich starre nur auf das aufpoppende Fenster auf meinem Bildschirm:

Danke für dein Vertrauen.
Dr. Zomp wird deine Frage in Kürze beantworten.

Ich schnappe nach Luft und spüre eine gewaltige Hitzewelle durch meinen Körper rasen, gefolgt von dem Gefühl, als hätte ich sieben Big Macs auf einmal runtergeschlungen.

»Julia.« Meine Stimme ist fast nicht zu hören.

»Hände weg von meinem Fahrrad!«, schreit Julia ein zweites Mal und springt auf. Ich folge ihrem Blick hinaus in den Garten. Moritz steht da mit einem schwarzen Edding in der Hand und grinst zu uns hoch.

»Julia.« Ich zupfe an ihrem Ärmel. Meine Stimme ist noch immer nicht mehr als ein Krächzen. Dazu ist mein Kopf so heiß, dass man ein Spiegelei darauf braten könnte.

»Oh mein Gott, er wird mein Fahrrad verunstalten!«, schreit Julia.

»Julia!«, krächze ich lauter.

»Was?«, schnappt sie gereizt.

Stumm deute ich auf den Laptop.

Julia liest die Nachricht auf dem Bildschirm und wird kurz blass. »Ach was«, sagt sie dann und schluckt. »Die drucken das sicher nicht ab, das Magazin kriegt so viele Einsendungen ...« Noch während sie spricht, wandern ihre Augen wieder hinaus in den Garten.

»Untersteh dich!«, brüllt sie Moritz an, der sich gerade mit dem schwarzen Edding in der Hand über ihren weißen Fahrradsattel beugt. Ich bin noch immer wie paralysiert und sehe ihr zu, wie sie die Zimmertür aufreißt und die Treppe hinunterrast.

Dann höre ich eine quietschende Stufe, die nicht

mehr nach kranker Katze, sondern nach einem hungrigen Löwen klingt, und dann einen erschrockenen Schrei, gefolgt von einem lauten Poltern und einem wirklich hässlichen, lauten Knacken.

Und dann schreit Julia noch mal, aber diesmal hört sie nicht wieder damit auf.

KAPITEL 5

Als ich die Tür öffne, sehe ich nicht nur Julias Eltern, sondern auch alle ihre Geschwister um das Krankenbett stehen. Eigentlich müsste das kleine Zweibettzimmer wegen Überfüllung geschlossen sein, denke ich, während alle durcheinanderquasseln. Am lautesten spricht Julias kleine Schwester Maya, die fünf Jahre alt ist und die Beine vom Bett baumeln lässt. Ihr restlicher Körper wird durch die anderen Besucher verdeckt. Mühsam kämpfe ich mich durch zum Bett und komme mir vor wie bei einem Konzert auf dem Weg zur Bühne.

»Flo, ach wie schön, dass du vorbeigekommen bist«, sagt Julias Mutter, und ich bin erleichtert, dass sie überhaupt noch mit mir redet. Ich hab mir schon Sorgen gemacht, dass sie mich und Papa für Julias Unfall verantwortlich macht. (Mich, weil Julia ohne mich unser Haus gar nicht erst betreten hätte, und Papa, weil er seine Werkzeugkiste unbeaufsichtigt auf der Treppe stehen hat lassen. Und über die ist Julia eben gestolpert und hat dann den steilen Abflug nach unten gemacht – auf YouTube wäre das Video wahrscheinlich der Hit. Im wirklichen Leben ist es jedoch das genaue Gegenteil davon.)

Julias Mutter sieht mich an und sieht dabei aus wie Julia, nur eben in groß. Das darf man Julia aber auf k e i n e n Fall sagen, denn die Nase von Julias Mutter ist natürlich im Verhältnis gleich groß, aber rein größentechnisch schon mal länger, und Julia findet bereits ihre eigene Nase viel zu lang. Deswegen ist es klug, dieses Thema weitgehend zu umschiffen und nicht zu lange auf die Nase von Julias Mutter zu starren, da Julia sonst gleich ganz unlocker wird.

»Hallo, Frau Weißenbacher«, sage ich daher und wende mich schnell Julias Vater zu.

»Hallo Flo«, sagt jetzt auch Herr Weißenbacher. »Schön, dass du Julia besuchen kommst.« Seit ich Herrn Weißenbacher kenne, ist er ständig in die Breite gegangen. Julia meint, das liegt an der Schokolade, die ihr Vater immer von den Besitzern seiner Patienten geschenkt bekommt. Er ist nämlich Tierarzt und behandelt hauptsächlich Katzen von alten Frauen. Und die finden den rothaarigen Dr. Weißenbacher im weißen Arztkittel ziemlich gut (also die alten Frauen, die Katzen wahrscheinlich auch).

»Hallo«, sage ich, und dann drehen sich auch Julias drei große Brüder um, die mich an die Weasley-Zwillinge aus Harry Potter erinnern, nur eben mit Locken. Und als Drillinge. Sie sind zwar nicht genau gleich alt, aber fast. Der älteste, Tobias, ist 16, Tim ist 15 und Titus 14. Maya ist der Nachzügler in der Familie, und Julia behauptet, dass ihre Eltern ihre kleine Schwester nicht geplant hatten und sie nur existiert, weil ihre Mutter die Pille vergessen hat. Ihr Vater hat sich daraufhin sofort sterilisieren lassen, damit die Familie garantiert nicht noch ein Geschwisterchen bekommt. Was alle unterstützen, bis auf Maya – die doch so gerne eine große Schwester wäre.

»Gewonnen!«, höre ich Maya rufen und schaffe es endlich an Julias Bett, auf dem ihre kleine Schwester mit dem roten Lockenkopf UNO-Karten verteilt hat.

»Du hast geschummelt«, murrt Julia, deren Bein in einem ziemlich gewaltigen weißen Liegegips steckt. Um sie herum sind Bücher, Zeitschriften und Wasserflaschen aufgebaut. »Bestimmt hast du geschummelt.«

Maya schüttelt den Kopf. »Habe ich nicht.«

»Doch, hast du.«

»Beweis es«, sagt Maya und streckt frech ihre Zunge raus.

»Hey, Julia«, sage ich und strecke ihr nicht die Zunge, sondern die riesige Pralinenschachtel entgegen, die meine Mutter extra für Julia gekauft hat. Julia grinst breit und nimmt die quadratische Packung in die Hand. »Das war auch nötig«, sagt sie.

Herr Weißenbacher räuspert sich. »Das heißt: Das

wäre doch nicht nötig gewesen«, korrigiert er sie und rückt sich seine eckige Brille zurecht.

»Ich mag auch Schokolade«, erklärt Maya und schnappt nach den Pralinen. Julia reagiert blitzschnell und zieht ihre Hände samt Schachtel weg.

»Das kannst du so was von vergessen«, erwidert sie kühl. »Die ist für MICH.«

»Das ist so was von gemein«, grummelt Maya und verschränkt trotzig die Arme vor der Brust. »Du musst aber teilen.«

Julia schüttelt den Kopf. »Nein, muss ich nicht. Ich hab hier schließlich das gebrochene Bein, nicht du.«

Maya zieht eine Schnute und sieht sich Hilfe suchend nach ihrer Mutter um. »Dann will ich auch ein gebrochenes Bein!«, ruft sie.

»Ne, das willst du sicher nicht«, mischt sich Tobias ein. »Dann kannst du nämlich nicht mehr Fahrrad fahren. Und schaukeln. Und schwimmen gehen. Und das sechs Wochen lang. Und danach musst du auf Krücken laufen. Nicht schön, oder?«

»Kann ich dann Julias Zimmer haben, wenn sie im Krankenhaus bleibt?«, fragt Titus und blickt seine Eltern erwartungsvoll an.

»Ne, das bekomme ich«, erwidert Tim, der sich mit Titus bislang ein Zimmer teilen muss. »Julias Zimmer ist nämlich näher am Bad.«

»Aus gutem Grund«, erklärt Julia und fährt sich

durch ihre dunklen Locken. »Und wage es nicht, mein Zimmer zu betreten!« Dabei hat sie dieses Funkeln in den Augen, das ich nur allzu gut kenne. Dramaqueen-Modus Stufe zwei.

»Jungs, Julia wird bald wieder nach Hause kommen«, erklärt Frau Weißenbacher tadelnd und sieht ihren Söhnen nacheinander tief in die Augen. »Es wird sich also keiner ihr Zimmer unter den Nagel reißen.«

Titus verschränkt die Arme hinter dem Rücken und hebt das Kinn. »Woher wissen wir denn so genau, dass Julia wieder zurückkommt? Die Ärzte haben doch gesagt, dass es ein komplizierter Bruch ist, wer sagt, dass nicht noch *weitere Komplikationen auftreten können*?« Er sieht seine Mutter herausfordernd an, die einen Schritt nach vorn macht und ihm einen spielerischen Klaps auf die Schulter gibt.

»Julia wird wieder ganz gesund. Und du bekommst garantiert nicht ihr Zimmer.«

Julia atmet hörbar ein und aus und ihr Brustkorb hebt und senkt sich schwer. »Verheimlicht ihr mir etwa etwas? Muss ich STERBEN?« Sie legt theatralisch ihre Hand auf die Stirn und zieht wieder ihre Julia-Nummer ab.

»Shit, wir wollten nicht, dass du es so erfährst«, sagt Tobias und presst die Lippen zusammen, als würde er gleich zu weinen anfangen. Herr Weißenbacher schüttelt nur den Kopf. »Hier wird keiner sterben«, sagt er und wirft Tobias einen mahnenden Blick zu, »außer es folgen noch weitere blöde Kommentare. Dann kann ich für nichts garantieren.«

Tobias hebt beschwichtigend die Hände. »Schon gut, schon gut. Alles chillig. Ich halt ja schon die Klappe.«

»Gut so«, sagt die Mutter, und dann reden wieder alle durcheinander, und Julia öffnet die Pralinenschachtel, die ratzfatz leergegessen ist, und ich habe noch nie so viele Hände in eine Packung greifen sehen. Jeder darf eine Praline, sagt Julia, aber ich glaube, Mayas Hand schon das dritte Mal nach vorne schnellen zu sehen, obwohl sie noch den ganzen Mund voll hat. Und dann erzählt mir Julias Vater ganz fachmännisch von dem Bruch, der sehr kompliziert ist, aber hier bestens versorgt wird und ohne Folgeschäden ausheilen wird. Und ich nicke höflich, während er mir die medizinischen Details erläutert, bis ihn Julias Mutter stoppt, wofür ich sehr dankbar bin. Sie bittet mich, Julia mit den Hausaufgaben auf dem Laufenden zu halten, aber Gott sei Dank wären ja bald Schulferien, und da würde nicht mehr viel passieren, und die Lehrer wären alle sehr verständnisvoll und hätten Julia alles Gute gewünscht.

»Könnt ihr dann endlich mal gehen?«, bemerkt Julia irgendwann und sieht ihre Eltern und Geschwister eindringlich an. »Ich bekomme hier noch Platzangst. Und ihr habt sicher noch was Besseres vor, als hier herumzustehen und mir die Pralinen wegzuessen.«

»Du bekommst hier Platzangst?«, murmelt Tim und schielt auf das zweite Krankenbett, das noch unbelegt ist. »Hey, du hast hier mehr Platz als ich in unserem Zimmer!«

»Du solltest lieber Angst haben, dass sie hier noch jemand zu dir reinlegen«, erklärt Titus und kratzt sich vielsagend am Kinn, »bestimmt eine Psychopathin. Davon gibt es ja mehr, als man denkt. Die tickt dann nachts aus. Und keiner kann dich beschützen.« Er senkt seine Stimme. »Also nimm dich in Acht.«

Julia rollt mit den Augen. »Hier willst nur *du mich* reinlegen. Und so wie es aussieht, habe ich schon Gesellschaft von einem Psychopathen.«

Titus reckt herausfordernd das Kinn. »Versuch es dir nur schönzureden.«

»Leute, genug«, mischt sich nun Frau Weißenbacher ein. »Wir sollten Julia noch ein bisschen Ruhe gönnen.« Sie geht zu Julia und streicht ihr sanft über die Stirn. »Wenn du etwas brauchst, ruf mich an.« Sie macht eine Pause. »Und auch wenn du nichts brauchst, ruf mich an. Wir sehen nachher noch nach dir.«

»Alle?«, fragt Julia.

Der Vater schmunzelt. »Natürlich, wir sind schließlich deine Familie. Und wir haben dich lieb«, sagt er.

»Du kannst doch nicht einfach für alle sprechen«, meckert Titus.

Herr Weißenbacher ignoriert seinen Kommentar und

beugt sich zu Julia, um ihr einen fetten Kuss auf die Wange zu drücken.

Julia fährt sich mit dem Handrücken über die Wange. »Hey, Papa, das ist voll peinlich.«

Herr Weißenbacher sieht sie ungläubig an. »Vor wem?«

»Vor mir selbst«, sie sieht mich an, »und vor Flo.«

Herr Weißenbacher wirft mir einen Blick zu und schüttelt den Kopf. »Das ist doch nicht peinlich, oder?«

»Natürlich nicht.« Dafür kassiere ich noch einen Blick, und zwar von Julia, und sie funkelt mich übertrieben verärgert an.

Und dann verabschieden sich alle nacheinander, Frau Weißenbacher freut sich, dass ich Julia Gesellschaft leiste, und Julia freut sich, als endlich alle gegangen sind.

»Ich dachte schon, die würden nie abhauen«, schnauft sie.

Ich lächle. »Deine Familie ist doch super.«

Julia schnappt sich einen Apfel. »Ich finde deine Familie auch super, Flo. So ist das eben mit Familien. Solange es nicht deine eigene ist, ist sie ganz toll.« Sie beißt von dem Apfel ab. »Ich mag es bei euch viel lieber.«

»Du meinst, weil ich keine Geschwister habe?«, frage ich.

»Genau.«

Ich lache. »Und ich finde es schön, dass bei euch immer was los ist.«

»Im Krieg ist auch viel los, trotzdem ist es nicht schön«, erklärt sie, und ich ziehe meine Jeansjacke aus und setze mich dann neben Julia aufs Bett, die ihren Apfel in Rekordzeit verputzt. Julia ist eine verdammt schnelle Esserin. Wahrscheinlich muss man das auch sein, wenn man so viele Geschwister hat und sonst keine Chance besteht, etwas am Frühstückstisch zu ergattern.

»Was ist das?«, frage ich und ziehe ein Prinzessin-Lilifee-Magazin aus dem Zeitschriftenstapel hervor, der auf dem Nachttisch neben Julias Bett liegt.

Julia seufzt. »Das haben meine Tante Maria und mein Onkel Josef meinen Eltern für mich mitgegeben.«

»Die haben wohl keine Kinder«, sage ich und blättere die Zeitschrift auf, Prinzessin Lilifee war noch nie mein Ding, auch früher nicht. Ich mochte Ritter und Dinosaurier.

»Doch, sie haben einen Sohn.«

Ich ziehe eine Augenbraue hoch. »Und der heißt Jesus?«

Julia beginnt zu lachen. »Nein, Jens.«

»Knapp dran«, sage ich, und Julia grinst breit. Dann beugt sie sich etwas nach vorne, um den Rest ihres Apfels Richtung Mülleimer zu schmeißen, trifft aber nicht. Sie verzieht das Gesicht.

»Tut's weh?«, frage ich und streiche mir meine Haare zur Seite, während ich ihren Liegegips inspiziere.

»Dass ich nicht getroffen habe oder das Bein?«

Ich zucke mit den Achseln. »Beides.«

»Ist ganz okay«, sagt sie und bekommt wieder diesen Julia-Ausdruck im Gesicht. »Viel mehr schmerzt es, dass mir Moritz zuerst das Herz und dann das Bein gebrochen hat«, sagt sie dramatisch.

Ich nicke. »Wir sollten ihn den ›BRECHER‹ nennen.«

Julia kichert. »Oder den Idioten.«

»Eichhörnchenküsser«, werfe ich ein.

»Vollpfosten, Blödmann«, macht Julia weiter.

»Nicht-Percy-Jackson«, ergänze ich.

Julia lacht. »Da würde mir noch einiges einfallen. Ich habe jetzt sehr viel Zeit zum Nachdenken, Flo. Aber zum Glück gibt es hier WLAN.«

In dem Moment ertönt ein kurzes Klopfen, die Zimmertür wird aufgestoßen und ich höre das Quietschen von Gesundheitssandalen auf dem grauen Linoleum.

»Die Besuchszeit ist gleich um, Fräulein Weißenbacher«, sagt eine große, dicke Krankenschwester, die mich böse mustert, als müsste ich mich sofort in Luft auflösen. Dabei hält sie demonstrativ die Tür auf. Draußen auf dem Gang sehe ich ein Bett geparkt, in dem ein Typ mit blonden Locken liegt. Obwohl er schläft, sieht er gut aus, wie einer dieser Backpacker, die durch die Welt tingeln. Sein rechtes Bein steckt in einem Gips, und ich muss mich nicht umdrehen, um Julias schmachtenden Blick hinter mir zu spüren.

Die Krankenschwester quietscht unruhig mit ihren

Gesundheitssandalen, während ihr Blick auf den Apfelbutzen fällt, der neben dem Mülleimer liegt. Sofort betrachtet sie mich noch argwöhnischer. »Junges Fräulein«, brummt sie, »können Sie das nicht aufheben? Oder haben Sie auch Probleme, beide Beine zu benutzen?«

Ich sehe sie verdutzt an, höre ihren genervten Unterton in meinem Kopf nachhallen, aber natürlich fällt mir nichts ein, stattdessen setzen sich meine Füße ganz automatisch in Bewegung. Und dann schmeiße ich den blöden Apfelrest in den blöden silbernen Mülleimer, während mich der Krankenschwester-Koloss aus den Augenwinkeln beobachtet und ich aus den Augenwinkeln beobachte, wie Julia mit ihren Augen den Backpacker inhaliert, schnell den Sitz ihrer Haare kontrolliert und etwas Lipgloss aufträgt.

KAPITEL 6

Ohne Julia ist die Schule nur noch doof. Es fängt schon beim Aufstehen an, dass auch wirklich gar nichts klappt. Mein gestreiftes T-Shirt ist noch in der Wäsche, meine Haare sehen aus, als ob ich in eine Steckdose gegriffen hätte, und mein Vater verlangt von mir, jetzt immer schön langsam die Treppe runterzugehen und mich dabei am Geländer festzuhalten, damit ich mir nicht auch noch das Bein breche.

Obwohl das gar keine schlechte Idee wäre, also der Beinbruch, nicht das Am-Treppengeländer-Festhalten. Denn dann müsste ich nicht in die Schule, könnte mit Julia in einem Zweibettzimmer im Krankenhaus liegen (und damit gleichzeitig verhindern, dass irgendeine Psychopathin zu Julia gelegt wird), wir könnten den ganzen Tag irgendwelche Serien auf dem iPad suchten und quatschen. Und dem blöden Krankenschwester-Koloss unzählige Apfelbutzen in den Weg schmeißen, auf denen sie mit ihren Gesundheitsschlappen ausrutschen würde, um sich dann auch noch das Bein zu brechen. (Nur dass sie bestimmt nicht mit einer guten Freundin im Zimmer landen würde, sondern mit einer laut schnarchenden, alten Frau, deren Röcheln sie in den Wahnsinn treiben würde.)

Aber stattdessen muss ich in die Schule und der verräterischen Anouk aus dem Weg gehen, die plötzlich einfach überall auftaucht. Immer wieder sehe ich sie mit ihrem perfekten Lächeln, den perfekten Haaren und dem perfekten Gehabe. Bei ihrem Anblick krampft sich jedes Mal mein Bauch zusammen, und ich kann noch immer nicht fassen, wie sie nur so gemein sein konnte. Ein Teil von mir würde am liebsten zu ihr hingehen, ihr »SO ETWAS TUT MAN EINFACH NICHT« ins perfekte Gesicht schreien, »MAN KNUTSCHT NICHT MIT DEM SCHWARM SEINER FREUNDIN RUM, DAS MACHT MAN EINFACH NICHT – UND MAN VERPETZT AUCH NICHT SEINE ANDERE FREUNDIN!« Aber da ich natürlich nicht mehr mit ihr rede, also nie wieder, halte ich den Teil in mir zurück. Und ignoriere stattdessen ihren Rücken, der die ganzen Schulstunden in meinem Blickfeld liegt. Genau wie ich ihren penetranten Arm ignoriere, der bei jeder Frage in die Höhe schnellt und sie zum Liebling der Lehrer macht (Julia und ich verfolgen schon lange die These, dass Anouks Lehrereltern sie abends auf jede Schulstunde vorbereiten und dass sie heimlich Hantel-

Training macht, um keinen Krampf im Arm zu bekommen).

Das Oberfiese ist: Würde Anouk aussehen wie der Nerd, der sie ist, würde sie von den Schülern auch anders behandelt werden (das Gesetz der Schule: Hätte sie Pickel und eine hässliche Zahnspange, würde sie keiner mehr nett finden). Ihre oberstreberhafte Art wird nur toleriert, weil Anouk eben perfekt ist oder zumindest so tut (eine perfekte Freundin benimmt sich verdammt noch mal anders).

Und weil sie mich jetzt so nervt mit ihrem Arm und ihrem perfekten Rücken, sehe ich natürlich alles von ihr, jedes noch so perfekte Detail. Je mehr mein ganzes Gehirn versucht, Lügen-Petze-Anouk komplett auszublenden, desto mehr fällt sie mir auf. Das ist mein Dilemma, und darüber denke ich nach, während ich im Chemielabor sitze und Anouk natürlich wieder direkt vor mir Platz genommen hat.

Und ich versuche mich WIRKLICH auf das Periodensystem zu konzentrieren, ich versuche WIRKLICH die Elektronen von Silber zu zählen, zähle aber tatsächlich nur aus den Augenwinkeln, wie oft Anouks Hand nach oben prescht, um die perfekte Antwort zu präsentieren und die Schrimps-Leichenberg (ja, die heißt tatsächlich so) in ihrem weißen Laborkittel komplett einzuschleimen.

Sage und schreibe einundzwanzig Mal meldet sich

Anouk in Chemie, in Physik sind es neunzehn Mal, und in Kunst muss man sich gar nicht melden, sonst hätte sie das garantiert auch getan. Stattdessen beäugt der Lauterbach Anouks Stillleben mit Grafitstift wie ein Gemälde aus dem Louvre und zückt schon sein Taschentuch, während er kurz darauf meine Zeichnung mit den schlanken Vasen betrachtet, als wäre es eine Horde Schlangen, die es auf ihn abgesehen hat.

»Flo, das ist …«, beginnt er und sucht nach den richtigen Worten, die er nicht findet. »Das ist … *speziell.*«

Ich lehne mich auf meinem Stuhl zurück und erwähne nicht, dass sein ewiges Geheule auch *speziell* ist, dass die großen Künstler der Welt vielleicht auch *speziell* waren, sondern halte einfach meine Klappe, während der Lauterbach einen sehnsüchtigen Blick zu Anouks perfektem Stillleben wirft und ich nur hoffen kann, dass der Tag bald vorbei ist.

Die Pausen sind am schlimmsten. Um nicht wie ein Loser auszusehen, mit dem keiner redet, stopfe ich mir die iPod-Stöpsel in die Ohren und höre Musik oder unterhalte mich ein wenig mit der rotbackigen Charlotte, die beim Reden gerne spuckt. Also nicht wirklich gerne, dafür aber recht oft. Da muss man schon einen Ganzkörperpanzer tragen, um nicht erwischt zu werden. Daher verdrücke ich mich einfach (»ich muss mal schnell weg«), um nicht noch weiter befeuchtet zu werden.

Am Kiosk kaufe ich mir ein Brötchen und eine Flasche Wasser und sehe Anouk, wie sie im Kreis mehrerer Mädchen aus der 8b neben den Bänken steht und irgendetwas sagt, das die anderen zum Lachen bringt. Vor allem Vanessa und Pia, die blöden Tussis, die sich sonst für niemanden außer sich selbst interessieren, lächeln und werfen ihre Haare, als wäre heute ein perfekter, strahlender Tag – obwohl es doch schon wieder nieselt und der graue Himmel gar nicht strahlt.

Ich schnaufe, also nur innerlich, denn äußerlich soll keiner was bemerken, und gehe schnell wieder ins Schulgebäude. Natürlich findet eine perfekte Anouk schnell Freundinnen-Ersatz, wenn Julia nicht da ist, wahrscheinlich war Julia auch das Einzige, was Anouk und mich verbunden hat.

Ich streiche mir eine dunkelblonde Haarsträhne aus dem Gesicht, gehe durch die für das Schulfest plakatierten Gänge zurück zu meinem Klassenzimmer, und mir wird klar, dass Julia unser ganz persönlicher Kaugummi war, nur eben auf die nicht ekelhafte Weise.

Sie war es, die Anouk und mich am ersten Schultag angequatscht und uns mit einer Pausenbrotpapier-Zeichnung von der Michalek sofort zum Lachen gebracht hat (die Zeichnung war auch wirklich gut, denn die Michalek trug einen ballonartigen Rock, der sie in Julias Comic direkt in den Himmel katapultiert hat).

Wenn es also Julia nicht gegeben hätte, wären Anouk

und ich eindeutig niemals befreundet gewesen. Denn dann hätte Julia uns nicht die Ballon-Zeichnung hingehalten, wir hätten nicht zu kichern angefangen, hätten nicht begonnen, unsere Pausenbrote zu tauschen und in der Pause miteinander rumzuhängen. Anouk wäre sofort bei Pia und Vanessa gelandet und ich wäre wahrscheinlich Best Friend von Charlotte und könnte mittlerweile auch problemlos meine Gegend mit Speichel bewässern.

Was alles in allem deutlich besser wäre (die Nicht-Freundschaft zu Anouk, nicht die Nicht-Existenz von Julia), denn dann würden mir Anouks Lügen nicht so nahegehen und mich nach unten ziehen, und dann würde ich mich auch jetzt nicht so alleine fühlen, wenn ich mich auf meinen Stuhl setze und sehnsüchtig auf den freien Platz neben mir schiele.

»Was machst du?«, schreibe ich an Julia, einfach nur, um ihr zu schreiben, als sich das Klassenzimmer viel zu früh füllt, weil wir gleich Mathe haben und die Mädchen Angst haben, auch nur eine Sekunde vom Hoffmann zu verpassen. Es ist wie bei einem Kinofilm, zu dem man auch nicht zu spät kommen darf, nur haben sie hier kein Popcorn, und den Unterhaltungswert von Zinsrechnungen stufe ich auch weitaus geringer ein. Aber das ist egal, denn sobald der Unterricht anfängt, beginnen alle Mädels zu fangirlen und ihn peinlich anzustarren.

Eigentlich mag ich Mathe, denn hier muss nichts erklärt werden, sondern hier sprechen die Zahlen für sich. Deswegen habe ich auch eine Eins im Zeugnis stehen, auf die mein Vater besonders stolz ist. Denn er wollte mal selbst Mathematiker werden, hat sich dann aber doch für den Beruf des Anwalts entschieden, da ihm die *Idee der Gerechtigkeit* gefiel und er lieber Menschen als Zahlen verteidigen wollte. Zumindest behauptet er das (ich glaube, dass er einfach gerne Krawatten trägt und sich für die Geheimnisse anderer interessiert: »Damit ich Sie verteidigen kann, müssen Sie mir alles erzählen. Wirklich alles«).

Die Zeit vergeht heute dennoch langsam, und wir müssen gerade den Kapitalwert eines Darlehens berechnen, und Anouk hat sich schon bescheuerte fünfzehn Mal gemeldet, als es an der Tür klopft.

»Herein«, sagt der Hoffmann, der in seinem T-Shirt und der Jeans echt nicht wie ein Lehrer aussieht, und dann öffnet sich die Tür, und mein Herz setzt für einen Moment aus. Ich versuche noch weiterzuatmen, denn nichts wäre peinlicher, als jetzt bewusstlos vom Stuhl zu kippen. Das darf einfach nicht passieren, sonst wäre der erste Eindruck, den Ben von mir hätte, ein verdammt dämlicher (wahrscheinlich stünde mein Mund offen und ich würde aussehen wie ein toter Fisch und tote Fische küsst keiner).

Und noch während ich versuche, nicht vom Stuhl zu fallen, und mein Kopf zu verstehen versucht, was Ben hier macht, steht der Hoffmann auf. Ein leichtes Raunen geht durch die Klasse, als er sich durch die dunklen Haare fährt.

»Komm nur rein«, sagt er zu Ben, der lässig in die Klasse schlendert. Er trägt eine leicht zerrissene Jeans und ein Shirt, auf dem »Love yourself, but not too much« steht.

Ich muss grinsen und versuche, nicht wie das peinliche Groupie zu wirken und Ben nur anzustarren, der mit seinen blonden Haaren und den blauen Augen einfach nur mega aussieht.

»Passt es jetzt?«, fragt er, und der Hoffmann nickt kurz und macht eine einladende Geste Richtung Tafel.

Ben stellt sich nach vorn, und die Fangirls sind verwirrt, denn sie wissen nicht, zu wem sie jetzt schauen sollen. Zu Ben oder doch lieber zum Hoffmann? Mir fällt die Entscheidung nicht schwer.

»Ich bin hier wegen unserem Schülerzeitungsblog, kurz SCHLOG. Ich gehe mal davon aus, dass den jeder kennt«, sagt Ben, und einige beginnen zu nicken. Andere kichern leise und ein paar Jungs lehnen sich übertrieben lässig auf ihrem Stuhl zurück und verschränken die Arme vor der Brust. Ich weiß nicht, ob das eine Art Reviergehabe ist, aber es sieht vollkommen bescheuert aus, vor allem bei Lasse, der von Anouk zu Ben und wieder zurück sieht.

»Dachte ich's mir doch«, macht Ben weiter und steckt die Hände in die Hosentasche. »Also. Die Polterer will«, beginnt er, und der Hoffmann lehnt sich an den Lehrertisch und räuspert sich kurz.

Ben grinst. »Also, unsere Direktorin, Frau Polterer«, korrigiert er sich, und die Klasse beginnt zu lachen, als der Hoffmann ihm den Daumen nach oben zeigt, »Frau Polterer liegt der Umweltschutz sehr am Herzen. Und sie hat uns – nennen wir es einmal ›gebeten‹, einen Artikel zu dem Thema auf unserem Blog zu verfassen«, sagt er gedehnt und wirft dem Hoffmann einen kurzen Seitenblick zu. »Da aber keiner Lust hat, darüber zu schreiben, müssen wir –«, weiter kommt er nicht, denn der Hoffmann räuspert sich schon wieder und zieht dabei eine Augenbraue hoch.

»Da wir aber niemanden finden konnten, der die dafür notwendige Expertise und das entsprechende Herzblut für dieses Thema besitzt«, korrigiert sich Ben grinsend, und die ganze Klasse lacht noch lauter, »wollen wir unser Team erweitern.«

»Das hast du sehr schön gesagt«, meint der Hoffmann, und sein Mundwinkel zuckt.

Ben nickt. »Nice, dass Sie es bemerkt haben.« Er macht eine kurze Pause, und ich glaube, dass mir gleich das Herz aus der Brust springt. Ben sucht jemanden für sein Team, mein absoluter Traum könnte wahr werden! Jetzt! Sofort! DAS ist meine Chance, bei der Schülerzeitung mitzumachen, Ben endlich auf mich aufmerksam zu machen und ihm zu zeigen, dass ich überhaupt existiere! Und das ist meine Chance, auf seine Party eingeladen zu werden!

»Wir suchen jemanden, der weiß, wie man eine gute Story schreibt«, fährt Ben fort, und sein Blick wandert über die Sitzreihen und bleibt kurz an Anouk hängen, bevor er weiterspricht. »Wir wollen niemanden, der uns langweilt, denn wir haben es uns zur Aufgabe gemacht, die Schüler und uns selbst zu unterhalten. Bislang haben wir auch keine neuen Leute aufgenommen, obwohl irgendwie jeder mitmachen möchte. Also, wer Bock hat, schickt uns bis Ende der Woche seinen Text, sein Video oder womit auch immer er sich bewerben möchte. Der kreativste Beitrag, der uns erreicht, wird veröffentlicht, und« – er macht eine bedeutungsvolle Pause – »der Verfasser wird Mitglied unseres SCHLOG-Teams.« Er lächelt, beugt sich leicht nach vorne und senkt dann seine Stimme. »Und es ist verdammt cool, in unserem Team zu sein.«

Alle beginnen zu tuscheln und der Hoffmann klatscht in die Hände. »Hat denn überhaupt jemand hier Lust, in dieses supercoole Team zu kommen?«, fragt er, und schon schnellen die Hände in die Höhe, darunter auch meine, und ich falle fast vom Stuhl, als auch Anouks Hand nach oben geht, zum verdammten sechzehnten Mal.

In der Mittagspause hat Julia noch immer nicht auf meine WhatsApp reagiert, schlimmer, sie hat sie noch nicht mal gesehen. Wahrscheinlich ist sie gerade im Liebeskoma mit ihrem Backpacker, wahrscheinlich hat sie schon seine Nummer herausgefunden und textet ihn zu, denke ich, als ich die Schulkantine betrete, wo weder Stille noch Zweisamkeit zu finden ist. Normalerweise sitzen Julia, Anouk und ich immer zusammen an einem der Tische links hinten und genau dort sitzt jetzt Anouk mit den Blödtanten Pia und Vanessa. Und die tauschen ihre iPhones und gackern zu irgendwelchen Fotos, während sie in ihren Salaten herumstochern. Wahrscheinlich zeigt ihnen Anouk unsere Fotos, Fotos von Julia und mir, wahrscheinlich zeigt sie die peinlichen mit den Lippenstift-Experimenten und den Duckfaces, wahrscheinlich hat sie kein Problem damit, da sie selbst auf diesen Fotos perfekt aussieht, die blöde Dummkuh.

Mein Magen knurrt mit mir, und ich stelle mich in der Schlange an, um mir eine Portion Spaghetti Bolognese zu holen. Als ich mir ein Tablett schnappe, taucht Lasse hinter mir auf, was beweist, dass Tage tatsächlich noch beschissener werden können, als man denkt.

Ich versuche ihn zu ignorieren, versuche Anouk und ihre neuen Best Friends zu ignorieren, versuche zu ignorieren, dass Anouk sich auch für die Schülerzeitung bewerben möchte und ich verdammt noch mal den besten und kreativsten Beitrag brauche, um in Bens Team zu kommen; das alles versuche ich zu ignorieren, während ich den Teller mit den dampfenden Spaghetti Bolognese auf mein Tablett stelle und von hinten von Lasse angerempelt werde. Er trägt ein grünes T-Shirt und eine helle Hose und ein Zucken im Gesicht, das verrät, dass das gerade mit voller Absicht passiert ist.

»Pass doch auf«, zische ich.

»Heul doch, du Opfer«, zischt er zurück, und dann muss ich schon weitergehen, weil die Schlange weiterrückt, und anstatt irgendetwas Schlagfertiges zu sagen, ärgere ich mich, dass die Flolitis wieder zuschlägt und mir nichts einfällt, was ich erwidern könnte. Nur mein Kopf läuft rot an. Wie bitte schön soll ich es so in Bens Team schaffen?

Erst als ich mich an einen dreckigen Tisch in die Mitte setze, neben Schüler aus der c-Klasse, die ich nicht kenne, sehe ich mich wieder in der Schlange stehen und zu Lasse sagen: *»Ich soll heulen? Nein, lieber sehe ich dir dabei zu.« Und dann greife ich nach dem heißen Spaghetti-Bolognese-Teller und lasse den Inhalt über Lasses Hose gleiten, die dann aussieht, als hätte man einen Teil von Lasse notschlachten müssen. Die ganze Kantine beginnt zu lachen und Fotos mit den Handys zu schießen, bis sich Lasse heulend verzieht.*

»Sie ist wirklich auf unserem Platz gesessen?«, fragt Julia jetzt schon zum zweiten Mal, während ich in meinem Zimmer sitze und Schokolade in mich hineinstopfe.

Ich nicke, obwohl Julia das übers Handy nicht sehen kann. »Mit Pia und Vanessa, lachend. Esch war furchtbar.«

»Mit den Blödtanten? Was für eine Verräterin«, schnauft Julia, und dann erzähle ich ihr von meinem Tag, der heute einfach nicht gut lief. Und sie erzählt mir von ihrem, und dass der Backpacker gar kein Backpacker ist, sondern ein Skateboarder, der gerne auf Halfpipes unterwegs ist und sich dabei – bei einem total gefährlichen Stunt, den man auf YouTube ansehen kann – den Kopf gestoßen und das Bein gebrochen hat. Und sie erzählt, dass er Jonas heißt, ein total süßes Lächeln hat, und dass er trotz seiner Gehirnerschütterung auf Krücken zu ihr ins Zimmer gehumpelt ist, nachdem sie es irgendwie geschafft hat, ihn letztens noch aufzuwecken und sich mit ihm zu unterhalten. Und dass er etwas schüchtern ist, aber total süß, und dass sie dem Krankenhaus jetzt doch etwas abgewinnen kann. Und dass sie meine WhatsApp nicht gesehen hat, da ihre Mutter ihr erst vorhin das Ladegerät fürs Handy vorbeigebracht hat.

»Aber das ist doch total abgefahren, Flo! Das ist deine Chance, Ben näherzukommen«, sagt sie und freut sich sichtlich über die Ben-Schülerzeitungs-Chance. »Vergiss doch die doofe Verräter-Anouk! Du kannst das sicher besser als sie!«

Ich lege mich aufs Bett und spüre auf meinem Ohr, wie warm das Handy vom Telefonieren schon ist. »Aber was soll ich zum Thema Umwelt schon für einen Beitrag schreiben, mir fällt nichts dazu ein«, sage ich kraftlos und schmeiße mir noch ein Stück Schokolade in den Mund.

»Du könntest über Hunde und ihre blöde Bürgersteigdeko schreiben.«

»Ne, ich schreibe doch nicht über Hundekacke.«

»Die ist sicher auch nicht gut für die Umwelt«, meint Julia. »Also zumindest nicht für meine Umwelt. Unser Nachbarshund kackt wirklich überallhin.«

Ich seufze. »Darüber will ich aber nicht schreiben. Außerdem hat es mit Umwelt nicht wirklich was zu tun.«

»Okay. Vielleicht könntest du über Mülltrennung was machen? Ein nettes Video?«

Ich runzle die Stirn. »Ein nettes Video über Mülltrennung? Ist das nicht schon ein Widerspruch in sich?«

»Vielleicht«, sagt Julia. »Du könntest auch über Recycling schreiben. Darauf fährt die Polterer sicher total ab.«

Ich nicke. »Vielleicht. Am besten über nicht recycelbare Freundinnen«, sage ich, als ich an Ben denke und an Anouk, die sicher schon längst den perfekten Beitrag zusammengestellt hat.

»Anouk ist so was von durch«, sagt Julia. »Beachte sie am besten gar nicht.«

»Ich versuche es, aber ständig hab ich ihren Arm in meinem Blickfeld.«

»Dafür wird sie sicher bald ganz schief werden. Wenn sie die linke Seite nicht mittrainiert, wird sie rechts die vollen Muckis bekommen und links ganz zart bleiben. Das sieht voll scheiße aus, garantiert.«

Ich kichere, aber dann spüre ich wieder diesen Klumpen in meinem Bauch. Bislang hatte ich einfach noch nicht die zündende Idee für die Schülerzeitung. »Aber auch mit einem muskulösen rechten Arm wird sie den perfekten Beitrag liefern«, murre ich.

»Ach, was«, sagt Julia nur, und ich höre, wie sie in einer Zeitschrift zu blättern beginnt. »Das ist doch genau dein Ding, Flo. Dir fällt sicher was Gutes für Ben ein. Schließlich musst du schreiben, nicht reden.« Ich höre ihr Grinsen durch das iPhone hindurch. »Und beim Küssen musst du schließlich auch kein Wort sagen.«

KAPITEL 7

Julias Worte gehen mir vor dem Einschlafen nicht aus dem Kopf. Ich liege in meinem Bett und kann an nichts anderes denken als an Ben, der nicht nur toll aussieht, sondern auch noch so selbstbewusst und witzig war, dass die ganze Klasse über seine Sprüche gelacht hat – sogar der Hoffmann hat gegrinst! (Und sie haben eindeutig *mit* Ben gelacht und nicht über ihn.)

Mit einem leisen Seufzer wälze ich mich auf den Rücken und starre im Dunkeln die Decke an. Natürlich ist mir aufgefallen, dass Ben Anouk einen Tick länger angesehen hat als den Rest von uns, aber darüber will ich nicht nachdenken. Vielleicht hatte sie einfach einen monstermäßigen Pickel am Kinn oder ihr hing ein giftgrünes Salatblatt zwischen den Zähnen. Oder vielleicht hat sie ihn auch tatsächlich geküsst, und er hat sich daran erinnert, dass es total eklig war (denn zusammen sind die beiden definitiv nicht, das hätte sonst anders ausgesehen). Leider kann ich mich nicht davon überzeugen.

Mr Minion blubbert leise in seinem Aquarium vor sich hin und ich atme tief aus und denke an das Bewerbungsvideo.

»Vielleicht sollte ich etwas mit Musik machen, was meinst du?«, frage ich in seine Richtung.

Mr Minion glotzt mich an.

»Ben kann supergut Gitarre spielen, vielleicht findet er das cool«, fahre ich ein wenig leiser fort.

Mr Minion glotzt noch immer und ich seufze.

»Ja, du hast recht. Ist eine blöde Idee.«

Mr Minion nickt (zumindest bilde ich mir das ein) und schlenkert leicht mit der Flosse, um mich an das musikalische Desaster vom letzten Jahr zu erinnern. Meine Mutter hatte mich überredet, meinen zwölften Geburtstag in einer Karaokebar zu feiern, weil sie das in einem Film gesehen hatte und *total nett* fand. Leider gab es in dieser Karaokebar nur lauter uralte Lieder, von denen ich kein einziges kannte. Nach langem Hin und Her versuchte Anouk schließlich irgendwas von den Beatles zu singen, hatte aber keinen Plan von der Melodie und sang so schief, dass Julia einen Lachanfall bekam, bei dem sie ihre Cola über den ganzen Tisch prustete, und ich mich vor lauter Kichern an einer Cocktailkirsche verschluckte. Ich wurde ganz rot im Gesicht und schnappte nach Luft, und Mama begann zu schreien, weil sie dachte, ich würde gleich ersticken, und Papa versuchte den Heimlich-Griff anzuwenden (bei dem man die Arme um den Brustkorb der erstickenden Person legt und kräftig zudrückt), und ich begann zu brüllen, dass es mir gut ginge, und Anouk lief beleidigt von der Bühne. Julia kriegte sich vor lauter Lachen gar nicht mehr ein, und ich hatte keine Lust mehr, auch noch aufzutreten, obwohl ich es wirklich fest vorgehabt hatte. (Wegen meiner Flolitis hatte Mama die ganze Bar eine Stunde lang extra nur für uns gemietet, und am Ende sangen sie und Papa gemeinsam jede Menge uralter Songs, während Julia, Anouk und ich alle alkoholfreien Cocktails durchprobierten, die die Karte zu bieten hatte.)

»Vielleicht fällt meinem Unterbewusstsein ja in der Nacht ein genialer Plan für ein Bewerbungsvideo ein«, murmele ich in Richtung des Aquariums und glaube selbst nicht daran. Und so, wie Mr Minion mich anglotzt, glaubt er es auch nicht.

Am nächsten Morgen erwache ich einen Hauch optimistischer. Ich hatte einen Traum, in dem Anouk ein Video ablieferte, das zeigte, wie sie vor der Tafel stand, den rechten Arm hob und Sachen sagte wie: *»Umweltschutz ist wichtig. Umweltschutz geht uns alle an.«* Selbst der Traum war so langweilig, dass ich das Gefühl hatte, jeden Moment darin einzuschlafen.

Während des Frühstücks bin ich in Gedanken jedoch schon ganz bei *meinem* Bewerbungsvideo. Cool muss es sein. Lässig sowieso. Aus der Masse herausstechen muss es. Intelligent, kreativ und lustig muss es sein. Und das alles beim Thema Umweltschutz.

Als ich den letzten Löffel Cornflakes in meinen Mund schaufele, ist von meiner Zuversicht noch ungefähr genauso viel übrig wie von der Milch in meiner Schüssel.

Ich trinke die kleine Restpfütze Milch aus, stecke mein Handy in die Hosentasche, gebe Papa und Mama einen Kuss, nehme meinen Rucksack und mache mich auf den Weg zur Schule.

Schon an der ersten Straßenecke sehe ich Moritz mit seinen Jungs abhängen. Seine Freunde sind auch Idioten, noch dazu ziemlich laute Idioten, und deshalb senke ich schnell den Kopf und gehe weiter. Ich habe keine Lust, dass sie mich anquatschen und mich wieder die Flolitis packt.

Aus den Augenwinkeln sehe ich, wie Moritz mir nachguckt und dabei immer noch sauer aussieht. Ich stopfe mir die Stöpsel von meinem iPhone in die Ohren. Sicher weiß er, dass *ich* Julia die Geschichte vom Tod des Eichhörnchens erzählt habe. Das würde allerdings bedeuten, dass er gesehen hat, dass ich gesehen habe, wie das Eichhörnchen seinetwegen auf die Straße gelaufen ist, und das glaube ich irgendwie nicht. Trotzdem bin ich froh, als ich aus seinem Blickfeld verschwinde. Moritz ist ein Arsch (nicht nur, weil er meinen sechsten Geburtstag ruiniert hat, sondern auch, weil er das Wort

»Bitch« auf Julias Fahrradsattel geschmiert hat), aber er hat immerhin auch den Krankenwagen gerufen, als sie nach ihrem Treppensturz nicht mehr aufgehört hat zu brüllen.

Als die Schule in Sicht kommt, sehe ich auf der anderen Straßenseite Anouk und die Blödtanten stehen. Heute ist offensichtlich mein absoluter Glückstag. Pia und Vanessa quatschen, während Anouk sich gerade einen rosa Kaugummi in den Mund schiebt und damit eine Riesenblase fabriziert, die ihr leider nicht ins Gesicht platzt. Pia trinkt währenddessen einen Schluck Red Bull aus der Dose, und ich hole spontan mein Handy aus der Jeans, weil ich an Julia denken muss, die meinte, ich könne doch ein *nettes* Video über Mülltrennung machen.

Nett wird mein Video sicher nicht, wenn Anouk, Pia und Vanessa darauf zu sehen sind, aber immerhin habe ich das Thema Mülltrennung drauf. Was nämlich niemand weiß: Anouk liebt es, ihre Kaugummis irgendwo hinzukleben, wenn keiner hinguckt. Und da ich im Internet gegoogelt habe, dass ein Kaugummi fünf Jahre braucht, bis er verrottet, ist die brave, fleißige Anouk eine Umweltsünderin. Ich schwenke mit meiner Handykamera rüber zu Pia, die ihre Dose – 50 Jahre Verrottungszeit – gerade in den Restmüll wirft, und kneife die Augen zusammen (eigentlich schade, dass es zwar eigene Tonnen für Glas, Plastik und Metall gibt, aber keine für den ganzen menschlichen Abfall, denn Lügner würde ich in eine giftgrüne Tonne stecken, Verräter in eine signalrote und die ganzen Blödmänner und Blödtanten in eine kackbraune).

»Hey, Flo, unter die Filmemacher gegangen?«

Ich drehe mich um. Der Satz stammt von einem von Moritz' Freunden, der ohne Frage in die braune Tonne gehört. Moritz hält sich im Hintergrund und sieht mich aus seinen grünen Augen leicht verärgert an. Ich spüre, wie mir die Hitze ins Gesicht schießt, bleibe aber stehen und halte die Kamera auf die Jungs. Dabei muss ich nicht reden, und im Nachhinein fällt mir vielleicht sogar eine richtig geniale Antwort ein, die ich dann einspielen kann. Der Gedanke bringt mich zum Lächeln. Moritz hebt die dunklen Augenbrauen und zieht seinen Freund weiter.

»Lass sie in Ruhe, sonst ziert demnächst eine Zeichnung von dir das Mädchenklo«, sagt er abfällig und kickt beim Vorbeigehen eine Glasflasche – 4000 Jahre Verrottungszeit – aus dem Weg.

»Nein, dafür ist dein Freund zu langweilig«, entgegne ich patzig und funkle Moritz an.

Er bleibt stehen. »Schade, dass ich dir nicht zu langweilig war«, antwortet er mit kalter Stimme. »Dann gäbe es mein Fahrrad vielleicht noch.«

Mein Mund wird trocken. Ich könnte jetzt sagen, dass es unser Geheimversteck im Garten ja auch nicht mehr gibt, aber ich hab absolut keine Lust, diese alten Geschichten auszugraben. Also presse ich nur stumm die Lippen zusammen. Er starrt mich an und ich starre zurück (fast ist es ein wenig wie bei einem Glotzduell mit Mr Minion, bei dem ich bisher immer verloren habe. Dafür hab ich jetzt gute Chancen, gegen Moritz zu gewinnen). Und tatsächlich wendet er sich nach einigen Sekunden ab und geht weg, der Feigling.

Ich halte die Kamera weiterhin stur auf ihn gerichtet, wie er verschwindet, und sehe im Hintergrund den Hausmeister auf dem Schulhof stehen und zu uns herüberstarren. In der Hand hält er einen Gartenzwerg an seiner roten Zipfelmütze, und ich stecke rasch das Handy ein, während mir der Gedanke durch den Kopf schießt, in welche Tonne der Zwerg wohl gehört.

In der Schule geht der Tag genauso bescheuert weiter, wie er begonnen hat. Zuerst höre ich ein paar Mädchen aus der Neunten über die Jahrhundert-Party von Ben tuscheln, was bedeutet, dass die Einladungen schon rausgegangen sind und ich keine bekommen habe. (Ist zwar keine große Überraschung, fühlt sich aber dennoch nicht gut an.)

Dann beobachte ich die Michalek dabei, wie sie den Hoffmann und die hübsche Sportlehrerin beobachtet, die sich im Gang vor dem Lehrerzimmer miteinander unterhalten. Dabei lacht die Sporttante (die immer knallenge Sachen trägt) auffällig oft und wirft ständig ihre langen roten Haare zurück.

In der nächsten Stunde ist die Michalek furchtbar streng und ich muss gleich am Anfang nach vorne kommen und mein Sommergedicht[2] vortragen, was keine schöne Erfahrung ist – weder für mich noch für die Klasse noch für die Michalek.

Und nach der Stunde will ich Julia gerade eine Nachricht auf WhatsApp schreiben, als mein Handy den Geist aufgibt. Akku leer. (Wahrscheinlich, weil ich heute Morgen die ganzen Blödtanten und Blödmänner gefilmt habe – da würde ich auch irgendwann streiken.)

Frustriert mache ich mich nach Schulschluss auf den Heimweg. Ich habe einen Berg Hausaufgaben auf, und das Schlimmste ist, dass das noch nicht mal das Schlimmste ist. Mein Leben ist zurzeit so trostlos, dass ich selbst Hausaufgaben etwas Positives abgewinnen kann, weil sie mich von der ganzen Anouk-Misere und Ben-Traurigkeit und Moritz-Verärgerung und Umweltschutz-Ideensuche ablenken.

Zu Hause füttere ich Mr Minion, stecke mein Handy

---

2 Zum Glück war mein Sommergedicht nicht besonders lang. Tatsächlich bestand es nur aus folgenden Zeilen: Mein Sommer am See – oh jemine. Wer kennt nicht die Tücke einer sommerlichen Mücke? Sie saugt dich aus, oh welch eine Graus, und das Gedicht, das ist jetzt aus. (Okay. Das war die inoffizielle Version. Ich hatte auch noch eine »ordentliche« Variante für die Schule geschrieben.)

ans Ladekabel und sichte meine Videos. Der doofe Freund von Moritz und sein »Hey, Flo, unter die Filmemacher gegangen?« sind gut zu verstehen.

Die Kamera fängt sein breites Gesicht ein, und ich lehne mich auf meinem Schreibtischstuhl zurück und erwidere bedauernd: *»Ja, Hugo, leider kann ich dir nur eine Statistenrolle anbieten.«*

Hugo schnaubt. »Wie kommst du darauf, dass ich eine blöde Statistenrolle in deinem Film haben will.«

Ich halte den Finger an meine Lippen. »Pssst. Statisten haben keinen Text. Der Nächste, bitte!«

Mit einem Lächeln überspiele ich die Videos auf meinen Computer und schreibe dann Julia eine kurze Nachricht über WhatsApp (inklusive Fotos, was wir alles an Hausaufgaben aufhaben).

»Ich hasse dich«, schreibt Julia zurück.

Und fünf Minuten später: *»Okay, ich hasse dich nicht. Aber ich hasse die Tregen, die Michalek und den Hoffmann, dass sie uns so viel aufgeben. Wissen die denn nicht, dass ich unter unglaublichen Schmerzen leide???«*

»Ich denke, es ist ihnen egal«, tippe ich zurück.

»Genauso egal, wie mir die drei Arten von If-Sätzen sind«, schreibt Julia mit einem wütenden Smiley, und ich muss grinsen.

Am Abend gucke ich mir gerade den ersten Teil von *Fluch der Karibik* an, als Mama ins Wohnzimmer kommt.

Sie lässt sich neben mich auf die Couch fallen und greift in meine Popcornschüssel.

»Hey, Schätzchen.«

»Hey«, sage ich.

»Was schaust du dir an?«

»Tu nicht so unschuldig, Mama. Du weißt genau, was ich mir anschaue.«

Sie zuckt mit den Schultern und streicht sich die Haare hinters Ohr. »Ich hatte gehofft, dass ich mich irre und meine Tochter nicht so einen Schund ansieht.«

Ich schüttle den Kopf. »*Fluch der Karibik* ist kein Schund.«

Sie zuckt wieder mit den Schultern.

»Papa!«, rufe ich.

»Was?«, ruft er aus der Küche zurück.

»Mama ist kurz davor, die Familienregel zu brechen!«

»Jana, keine Kommentare zum Film«, sagt Papa streng, als er aus der Küche kommt. Er lässt sich neben uns auf das grüne Sofa fallen. »Was guckt ihr?«

»*Fluch der Karibik*«, sagen Mama und ich wie aus einem Mund.

»Nein, ich meinte, welchen Teil.«

»Teil eins«, seufze ich und versuche, mich wieder auf die Handlung zu konzentrieren, wo der verfluchte Kapitän Barbossa der hübschen Elizabeth gerade erklärt, wie schrecklich es ist, ein Untoter zu sein. (Man spürt nichts, man schmeckt nichts, es ist ziemlich doof.)

»Wie geht's Julia?«, fragt Papa und greift jetzt auch in meine Popcornschüssel.

»Sie hat furchtbare Schmerzen«, antworte ich.

»Oh mein Gott, das tut mir so leid«, murmelt Papa und wird ganz blass unter seinem Dreitagebart.

Ich schüttle den Kopf. »Es geht ihr gut. Du kennst doch Julia. Sie macht immer ein Drama aus allem.«

Mama zieht eine Augenbraue hoch. »Ist vielleicht trotzdem ein Zeichen, dass du in Zukunft die Reparaturarbeiten im Haus in *kompetente* Hände legen solltest, Thorsten.«

»Sie ist über meinen Werkzeugkoffer gestolpert. Was hat denn das mit Kompetenz zu tun?«, schnaubt Papa.

»Bitte«, stöhne ich. »Ich will nur den Film sehen.«

»Der ist total unrealistisch«, bemerkt Mama spitz.

»Jana«, mahnt Papa.

Sie verschränkt die Arme vor der Brust und sagt kein Wort mehr. Ich schließe für einen Moment die Augen und genieße die Ruhe. Doch die währt nur so lange, bis Elizabeth von Barbossa gezwungen wird, ihr Kleid auszuziehen, weil er sie ins Meer schubsen möchte. Der untote Kapitän fängt das Kleid auf, hält es an die Wange und sagt: »Hmmm ... es ist noch warm.«

»Ha!«, schreit meine Mutter so laut, dass Papa und ich zusammenzucken. »Logikfehler!«

»Jana, jetzt lass doch das Kind den Film schauen«, seufzt Papa und streicht mir kurz über den Kopf.

»Zuerst sagt Barbossa, dass er überhaupt nichts fühlen kann, und jetzt kann er die Wärme des Kleides fühlen? Wie soll das gehen?« Ihre braunen Augen glänzen erregt und ich lasse den Kopf auf die Lehne des Sofas zurücksinken.

Papa guckt sie streng an. »Denk an die Regel, Jana.«

Doch Mama ist schon in einer Welt jenseits aller Regeln.

»Es gibt sieben Arten von Filmfehlern«, beginnt sie zu deklamieren. »Da sind zum einen die Logikfehler, die ich persönlich am schlimmsten finde. Knapp gefolgt von den Flüchtigkeitsfehlern.« Papa schnauft, Mama redet weiter und ich setze mich gerade auf. Denn gerade kommt mir eine gute Idee für mein Umweltschutzvideo.

KAPITEL 8

»Hey, Emma«, sage ich und setze mich neben sie auf die Bank im Pausenhof. Ohne Julia ist es verdammt einsam und die Tage vergehen wie in Zeitlupe. Um nicht wie die totale Außenseiterin dazustehen, bin ich also gezwungen, mein soziales Umfeld zu erweitern (Anouk soll ruhig sehen, dass ich ohne sie zurechtkomme. Und zwar ganz PRIMA). Und Emma, die nur vegane Schuhe trägt, ist eigentlich ganz nett, auch wenn sie gerade etwas zu liebevoll die Katzenhaare von ihrem Pullover entfernt.

»Hast du gewusst, dass Katzen 1500 Mal am Tag schnurren?«

Ich schüttle den Kopf. »Nein, das wusste ich nicht.«

»Faszinierend, oder? In England gibt es eine Katze, die schnurrt so laut wie ein Rasenmäher.« Sie runzelt die Stirn. »Zum Glück machen das Merlin und Mieze nicht. Da könnte ich ja kaum schlafen.« Sie nickt sich selbst zu. »Und hast du gewusst, dass die Hälfte aller Katzenbesitzer ein Foto von ihrer Katze in der Brieftasche tragen?« Ich schüttle wieder den Kopf, und dann lächelt sie und ich lächle zurück und ahne dabei Furchtbares. Und als sie ihr Smartphone zückt und mir Merlin und Mieze in Farbe präsentiert, und zwar gefühlte 1000 Fotos, vermisse ich Julia noch gleich viel mehr.

Außer Emma gibt es noch zwei Mädchen, mit denen ich mich ab und zu unterhalten kann, aber auch die haben ihre Mankos. Da gibt es Charlotte mit der feuchten Aussprache, die gerne über die Ungerechtigkeit der Welt spricht (auch in ihrer Freizeit). Und Tiara, deren Augenbrauen an Cara Delevingne erinnern. Sie trägt am liebsten Schwarz und zieht sich laufend irgendwelche morbiden Videos auf YouTube rein (ich würde es nie laut zugeben, aber sie macht mir tatsächlich etwas Angst). Natürlich habe auch ich meine Mankos, aber mit denen muss ich mich ja schließlich schon selbst rumschlagen.

»Ich habe auch noch ein Video mit meinen Hunden«, erklärt Emma, und ihre Augen leuchten und bekommen so einen seltsamen Glanz. Innerlich verfluche ich Papas blöde Werkzeugkiste und Moritz dafür, dass Julia jetzt mit einem gebrochenen Bein in der Nähe von dem Skateboarder liegt, anstatt mit mir in der Schule zu sein – und als die Schulglocke zum Unterricht läutet und mich vor dem Hunde-Video rettet, mag ich ihren Klang zum allerersten Mal in meinem Leben.

Am Nachmittag sehe ich mir den Bibi-&-Tina-Film auf Mamas iPad an, während Mr Minion lustig in seinem Aquarium herumschwimmt. Gerade bin ich bei der Szene angelangt, in der die Mädchen gegen die Jungs rappen und »Jungs gegen Mädchen, Mädchen gegen Jungs« singen, als mein Handy auf meinem Schreibtisch bimmelt und das Eingangssignal einer WhatsApp ertönt.

»Wirfst du mir mal schnell das Handy rüber?«, sage ich zu Mr Minion, der seine Blubberblasen von sich gibt und noch immer nicht mit mir sprechen will. Und da ich aktuell zu faul bin aufzustehen und mir Julia sicher nur wieder von ihrem Skateboarder vorschwärmen will (wie viele Gemeinsamkeiten sie haben, dass sie beide total gerne »Star Wars the Clone Wars« gucken, Brokkoli hassen und schon die Namen ihrer Lieblingsschauspieler ausgetauscht haben), beschließe ich, einfach liegen zu bleiben und weiterzugucken.

Doch dann trudelt noch eine WhatsApp ein. Und noch eine, es ist wie bei einem WhatsApp-Massaker.

»Okay, wenn du es mir nicht gibst, muss wohl doch ich aufstehen«, sage ich vorwurfsvoll zu Mr Minion, schalte das iPad auf Pause und hole mir mein Handy.

Die WhatsApps sind alle von Julia.

»Ich kann nicht reden, aber wir müssen reden!«
»Flo, es ist etwas Furchtbares passiert, ein Drama!«

»Es ist megamegadringend! Geh endlich online!!!«

»Flo ... Ich muss dir was sagen! JETZT SOFORT! Ich kann nicht reden, nur schreiben, das darf nämlich niemand hören!«

Ich ziehe die Luft ein und bleibe ganz ruhig, da solche Nachrichten von Julia keinen Seltenheitswert besitzen. Hat es vielleicht mit ihrem Skateboarder nicht geklappt? Darf ihr Bruder doch in ihr Zimmer ziehen, solange sie weg ist?

Schnell tippe ich eine Antwort.

»Was ist los? Hat Justin Bieber eine neue Freundin?«

Es dauert nur einen Augenblick, dann kommt Julias Antwort.

»Der Anouk-Kummerbrief ist online.«

Ich schlucke, und meine Augen lesen immer und immer wieder, was da steht. »*WAS? ECHT JETZT?*«, schreibe ich zurück und fühle mich, als wäre ein LKW auf mich gedonnert.

Und dann schickt mir Julia schon den Link, und ich weiß gar nicht, warum es so lang dauert, aber meine Hand zittert, als ich den Beitrag aufrufe.

Lieber Dr. Zomp!

Ich weiß nicht, was ich tun soll! Ich bin das hübscheste Mädchen in der ganzen Klasse und die Jungs reißen sich um mich. Aber trotzdem bin ich nicht glücklich. Mein Leben ist eine einzige

Katastrophe, lese ich schwarz auf weiß, und mein Magen sackt eine Etage tiefer. Wieso? Warum haben die gerade unseren Brief abgedruckt?!

Ich scrolle weiter, aber der ganze Brief, alles ist abgedruckt, mit allen Gemeinheiten. Ich glaube, ich bekomme keine Luft mehr, es fühlt sich an, als würde plötzlich ein Felsbrocken auf mir liegen. Ich scrolle weiter zur Reaktion von Dr. Zomp.

Liebes Mädchen auf der Suche nach Antworten,

vielen Dank für Dein Vertrauen und dafür, dass Du Dich an uns wendest. Es ist mutig von Dir, Dich zu melden, und es tut mir leid, dass Du das Gefühl hast, etwas stimmt nicht mit Dir. Aber ich kann Dich beruhigen: Es ist alles okay mit Dir. Deine Gefühle sind vollkommen normal und nichts, wofür Du Dich schämen müsstest. Viele Mädchen sind mit ihrem Körper unzufrieden, selbst wenn alles absolut in Ordnung ist und ihnen die anderen sogar Komplimente machen …

Und dann lese ich weiter und Dr. Zomp geht vollkommen professionell auf unseren gefakten Brief ein. Er rät der falschen Anouk, ihre Gefühle anzunehmen und mit anderen darüber zu sprechen, sich eine Vertrauensperson zu suchen – denn dann wird sie merken, dass sie mit ihren Sorgen nicht alleine ist.

»*OMG. Wir sind geliefert!!!*«, schreibe ich an Julia und

denke daran, was passiert, wenn jemand den Brief liest, wenn jemand Anouk erkennt, wenn jemand die Spur zu uns zurückverfolgt. Dann fliegen wir wahrscheinlich von der Schule und alle werden uns dissen und wir werden als die *gemeinsten Freundinnen aller Zeiten* in die Geschichte eingehen und jeder wird es erfahren, jeder wird es wissen. Und ich werde nach der Schule nicht studieren können, weil sie mir einen Studienplatz verweigern, und Julia wird an keiner Schauspielschule genommen werden, außer vielleicht für die ganz schrecklichen Rollen, bei denen sie den ewigen Fiesling spielen muss, und ... unser Leben wird einfach zu Ende sein.

»Vielleicht liest es ja keiner«, schreibt Julia dann, irgendwann nachdem wir uns die Horrorszenarien in den buntesten Farben ausgemalt haben. Sie hat den Skateboarder nämlich gefragt und der kennt das Online-Magazin gar nicht. *»Vielleicht haben wir ja Glück und so etwas liest heutzutage eh keiner mehr«*, und dann schwenkt unsere Stimmung auch schon um, und der Felsbrocken beginnt zu zerbröckeln, denn *»diesen Brief könnte doch jeder geschrieben haben«*.

Als ich am nächsten Tag gähnend die Klasse betrete (ich habe natürlich kein Auge zugetan und Mr Minion auch nicht, aber das macht der sowieso nie), ist das schwere Gefühl wieder da, und mir ist, als wäre nicht die Titanic, sondern ICH gegen den Eisberg gefahren. Mit vollem Karacho.

Ich erwarte das Schlimmste, erwarte tuschelnde Mädchen und ätzende Jungs, doch irgendwie läuft alles wie immer ab.

In der ersten Stunde haben wir Englisch.

»Good morning, boys and girls«, begrüßt uns unsere Englischlehrerin, und wir blöken »Hello, Mrs Dragon« zurück, und dann werden die Bücher aufgeschlagen, und alles ist ganz normal. Anouks Hand zischt wie immer regelmäßig in die Höhe, während ich alles um mich herum observiere. Irgendwie fühle ich mich, als würde ich auf einer Mine sitzen, die gleich losgehen und mich in Stücke reißen wird, doch nichts geschieht. Und irgendwann nach der vierten Stunde, nach dem Geschichtsunterricht bei der Wiesenthal, die immer nur schreit, gelingt es mir, mich langsam wieder zu entspannen und Julia zu schreiben, dass alles okay ist.

»Hab ich's doch gesagt«, schreibt sie zurück, und ich erinnere sie nicht daran, dass sie sich selbst gedanklich schon in der Rolle des ewigen Fieslings gesehen hat.

»Willst du was Krasses sehen?«, fragt mich Tiara später auf dem Schulhof und hebt ihre buschigen Augenbrauen. Mein Herz setzt kurz aus, aber als sie mir das YouTube-Video zeigt, bei dem ein Typ eine Schlange in seinem Rachen verschwinden lässt, bin ich beruhigt.

Und dann sehe ich Ben aus dem Augenwinkel, ich sehe, wie er mit ein paar Jungs auf den Bänken hockt, und mein Puls schießt automatisch wieder in die Höhe. Mein Herz fährt heute anscheinend Achterbahn, ohne mich gefragt zu haben.

Ben sieht natürlich wieder super aus mit seinen blonden Haaren und den leuchtenden Augen und dem lässigen Karohemd. Ich seufze innerlich und denke daran, dass heute doch Donnerstag ist. Schnell ziehe ich mein Handy aus der Hosentasche, um den neuesten Beitrag von SCHLOG zu lesen. Aber bevor ich überhaupt aufs Display schielen kann, höre ich schon das Tuscheln, das überall stattfindet und rasend schnell anschwillt.

Es ist nicht das normale Tuscheln, das einfach immer wieder auf dem Schulhof zu hören ist – es ist ein kollektives Tuscheln, das zusammen passiert, sich ergänzt und wie das hypnotische Flüstern von Kaa aus dem Dschungelbuch klingt.

Und als ich Bens SCHLOG-Beitrag lese, wird mir auch klar, warum alle plötzlich mit gezückten Handys zu tuscheln anfangen.

Hey, ihr da draußen,

hier sind wir wieder, mit den spannendsten News unserer Schule. Wir haben sie alle.

(Falls euch dennoch etwas fehlen sollte oder ihr schon immer

etwas ganz Bestimmtes wissen wolltet, schreibt uns eine kurze Nachricht, dann werden wir alles nachholen).

Aber jetzt einmal Werbung in eigener Sache: für alle, die es noch nicht wissen – wir haben zum großen SCHLOG-Umwelt-Contest aufgerufen. Wer einen coolen Beitrag zum Thema Umwelt verfasst, egal ob Video, Text oder Graffiti ;), hat die Chance, bei uns mitzumachen. Die beste Einsendung wird veröffentlicht und der Verfasser bekommt einen Platz in unserem coolen SCHLOG-Team. Also, es lohnt sich! #YOLO.

Und was haben wir sonst noch zu bieten? Sara wollte es sich nicht nehmen lassen, über den neuen Warcraft-Film zu schreiben, Lars hat sich der schlimmsten Schummel-Fails angenommen, Mike hat das Sportangebot der Schule unter die Lupe genommen und Tina hat brandheiße News zum Thema Kummerkasten), denn sie hat einen interessanten Beitrag bei Dr. Zomp entdeckt!

Seid gespannt, aber entspannt euch auch mal,

Euer Ben

KAPITEL 9

Ich bin das Gegenteil von entspannt, als ich fünf Minuten später wieder auf meinem Platz in der Klasse sitze. Mein Herz rast wie verrückt, und ich kann noch immer nicht glauben, dass unsere bescheuerte Fake-Mail es nicht nur in das Magazin von Dr. Zomp, sondern auch gleich noch auf den Schülerzeitungsblog geschafft hat. Das ist der absolute Super-GAU. Und alle – wirklich alle – wissen davon.

»Ich hab das nicht geschrieben!«, faucht Anouk in dem Moment, und mir ist einfach nur schlecht, als ich die Verzweiflung in ihrer Stimme höre. »Ich sage euch, ich hab nichts damit zu tun!«, höre ich sie zischen, während sie die anderen aus der Klasse anstarren. Anouks ganzer Körper ist total angespannt, ihr Brustkorb hebt und senkt sich ganz schnell und sie wirkt echt verzweifelt mit ihren großen Augen und dem flackernden Blick.

Ihre Sitznachbarin rückt ein Stück von ihr ab, als hätte Anouk jetzt die Pest, und alle starren sie weiter an und tuscheln leise, selbst als der Hoffmann die Klasse betritt und sie eigentlich zu ihm starren müssten. Tut aber keiner, und ich höre immer wieder geflüsterte Sätze aus dem Kummerkastenbrief: *»Manchmal hasse ich Lasse, genauso wie den Rest meiner Klasse.«*

Und als Emma eine falsche Antwort gibt, ruft Vanessa: *»Wir wissen gar nicht, wie strohdumm wir in Wirklichkeit sind!«*, und ich sinke automatisch etwas tiefer in meinem Stuhl. Und dann höre ich nur noch, wie Tiara Anouk zuraunt, dass die Aktion *»wirklich das Letzte und sie nur eine arrogante, blöde Lehrerstochter ist«*, bevor der Hoffmann sagt, dass wir jetzt alle mal ruhig sein sollen, außer wir wollen das Thema, das uns gerade beschäftigt, gerne mit ihm ausdiskutieren.

Die ganze Stunde fühle ich mich echt schlecht, denn Julia und ich sind schuld daran, dass Anouk jetzt so blöd angemacht wird und ihr tausend böse Blicke zugeworfen werden. Und obwohl sie eine gemeine Freundin ist und ich sie noch immer für die Ben-Sache verachte, hat sie den Brief schließlich nicht geschrieben. Das schreit mir zumindest mein Gewissen die ganze Stunde in den Kopf, während Anouk kein einziges Mal die Hand hebt, um eine Frage zu beantworten.

Wahrscheinlich wäre jetzt auch ich dran. Ich sollte die Hand heben und aufstehen, sollte vor allen sagen, dass Julia und ich es waren und nicht Anouk, und sollte dann eine coole Julia-Nummer abziehen: »Hey, Leute, jetzt chillt mal eure Base. Das war bloß ein Scherz.« Aber ich bin nicht Julia und ich bin nicht cool. Anstatt die richtigen Worte zu finden, sitze ich nur da, starre auf mein Mathebuch und versuche, die tausend bösen Blicke, die man Anouk wie Blitze zuwirft, zu ignorieren.

Als es zur Pause klingelt, hat Anouk schon ihren Rucksack gepackt und verlässt in Windeseile das Klassenzimmer, sie geht nicht mehr, sie rennt hinaus, und ihre goldblonden Haare sind das Letzte, was ich von ihr sehe. Verdrossen blicke ich ihr hinterher, und mein Gewissen schreit nicht mehr, es brüllt nur noch, und ich fühle mich einfach beschissen und schäme mich, dass ich nicht den verdammten Mut aufbringe, es den anderen zu sagen.

»Das hätte ich wirklich nicht von ihr gedacht«, sagt Charlotte, und ich weiche einen Schritt zurück, um trocken zu bleiben.

»Ist doch nur ein Brief«, entgegne ich und packe meine Bücher in meinen Rucksack.

»Nur ein Brief?« Charlottes Wangen wirken noch röter als sonst. »Sie findet uns alle strohdumm und hält sich für was Besseres, das ist nicht nur ein Brief, das ist die Offenbarung ihres wahren Gesichts! Ich habe mich schon lange gefragt, wie jemand so toll aussehen und gleichzeitig so nett sein kann, aber nix mit nett hier, das war alles nur Fassade! Anouk ist wie Batman, nur umgekehrt. Hinter ihrer Maske verbirgt sich ein fieser Charakter. In anderen Kulturen würde man sie sofort vertreiben und ohne Essen aussetzen.«

»Jetzt übertreibst du aber«, sage ich mit fester Stimme und höre, wie auch die anderen supergemein über Anouk reden. »Das war vielleicht nur ein blöder Scherz«, füge ich hinzu.

»Ein blöder Scherz?«, wiederholt Charlotte ungläubig, und ihre Wangen nehmen jetzt die Farbe einer Tomate an.

»Das ist überhaupt nicht lustig, keiner lacht hier und eine *ach so kluge Anouk* müsste das auch wissen.«

Und dann mischt sich noch Laura in das Gespräch ein (»das ist viel schlimmer als die Sache mit Greta«) und bestärkt Charlotte, und die beiden beginnen noch mehr über Anouk zu schimpfen, und da ich sowieso nicht die richtigen Worte finde, mache ich, dass ich so schnell wie möglich hier rauskomme.

Auf dem Gang rempelt mich dann Lasse im Vorbeigehen an, während er auf das Display seines Handys starrt und etwas eintippt. Er wirkt abgehetzt.

»Pass doch auf«, sage ich nur, und er blickt zu mir hoch. Seine Augen sind zusammengekniffen.

»Pass du mal lieber auf«, sagt er, und die Art, wie er es sagt, klingt wie eine Drohung. »Vor mir kannst du dich nicht verstecken«, setzt er hinzu, und ich komme mir vor wie in einem dieser Gruselfilme, in denen das Opfer vorher noch gewarnt wird. Ich würde gerne etwas erwidern, nur irgendetwas, aber ich bleibe sprachlos, und dann wirft er mir noch einen bösen Blick zu, bevor er verschwindet.

»Flo, Essen ist fertig!«, höre ich meine Mutter von unten und ziehe mir die Bettdecke noch weiter über den Kopf. Ich habe keinen Appetit, möchte nicht nach unten ins Esszimmer gehen, ich möchte am liebsten nie wieder aufstehen und einfach hier oben liegen bleiben. Für den Rest meines Lebens.

Ich weiß, dass ich etwas hätte sagen müssen, und ich hasse mich und meine Flolitis, ich hasse Moritz und die Treppenstufe, und ich hasse, dass Julia im Krankenhaus liegt und von all dem nichts mitbekommt und heute eine wichtige Untersuchung und Besuch von ihren Großeltern hat, während ich hier alleine mit dem ganzen Mist konfrontiert werde. Und ich hasse Lasse, der anscheinend irgendetwas weiß, und meine Mutter, die auf das gemeinsame Abendessen besteht und schon wieder nach oben schreit.

»Bedrückt dich etwas, Flo?«, fragt mein Vater und lockert seinen Krawattenknoten, während ich lustlos in meinem Kartoffelbrei herumstochere. Wir sitzen am

Tisch und mir ist speiübel und ich würde am liebsten aufstehen und gehen. Und mich für immer mit Mr Minion in meinem Zimmer einsperren, weil ich heute einer ehemaligen Freundin so richtig was eingebrockt habe, und weil ich einfach nicht den Mut hatte, alles richtigzustellen. Wenn es Karma tatsächlich gibt, dann werde ich in meinem nächsten Leben sicher nicht als Ameise, sondern als Silberfisch wiedergeboren, weil ich die einfach nur eklig finde.

Mein Vater sieht mich immer noch an und wartet auf eine Antwort, und auch meine Mutter betrachtet mich erwartungsvoll.

Ich zucke mit den Schultern. »Alles gut«, sage ich nur, während ich nicht davon erzähle, dass ich in meinem nächsten Leben vermutlich als Silberfisch wiedergeboren werde. Denn die Wahrheit kann ich auf k e i n e n Fall erzählen (mein Vater würde sofort mit mir über Verleumdung reden wollen und was für schreckliche Folgen sie mit sich bringt, danach für eine Selbstanzeige plädieren, und meine Mutter würde den Kopf schütteln und immerzu wiederholen, dass sie glaubt, im falschen Film zu sein).

Und so zwinge ich mich dazu, etwas von dem Püree hinunterzuwürgen und gute Miene zum bösen Spiel zu machen. Als mein Vater mir und meiner Mutter noch voller Stolz das Geschenk eines Klienten, eine Hundeskulptur aus Überraschungsei-Figuren (sie ist tatsächlich noch hässlicher als die Kuh aus Überraschungsei-Figuren vom letzten Jahr), präsentiert, nutze ich den Moment, um mich schnell zu verdrücken.

»Keine Ahnung, was wir tun sollen«, whatsappt Julia, als sie endlich von ihrer Untersuchung zurück ist und ich wieder in meinem Bett liege und wünschte, es wäre alles wieder in Ordnung. Ich wünschte, ich könnte die Zeit zurückdrehen und Anouk hätte niemals gelogen-betrogen-gepetzt, und wir hätten niemals diese verdammte Mail geschrieben, die uns nun um die Ohren fliegt.

»Wenn ich an dir rubble, erfüllst du mir dann drei Wünsche?«, frage ich Mr Minion schwermütig, der sich daraufhin in eine Ecke seines Aquariums verzieht.

Ich seufze. Das wird wohl auch nichts. Und wenn ich jetzt noch meinen Goldfisch kille, ist es mit meinem Karma vollkommen aus.

»Ich habe auch keinen Schimmer, es war so schlimm. Echt furchtbar«, tippe ich zurück.

»Vielleicht ist es morgen wieder vergessen?«

»Sicher nicht«, schreibe ich zurück, und weil die sonst so gesprächige und kreative Julia daraufhin still ist, weiß ich, dass die Sache echt schlimm aussieht.

»Komm nach der Schule zu mir«, schreibt sie nach ein paar Minuten. *»Wir denken uns was aus. Versprochen.«*

»Okay«, antworte ich und hoffe, dass Julias Kreativität morgen ihren Höhepunkt erreicht.

Am nächsten Tag in der Schule ist der Kummerkasten-Brief DAS Thema, und im Gegensatz zu der Sache mit Greta fühlen sich hier anscheinend alle irgendwie betroffen und empfinden Mitgefühl für die Leute, die schlechtgemacht wurden.

Mit eingezogenem Kopf schlurfe ich durch die Gänge und versuche Lasse, so gut es geht, aus dem Weg zu gehen. Anouk ist heute nicht da, und ich kann mich nicht erinnern, wann Anouk das letzte Mal gefehlt hat. Der Brief setzt ihr natürlich verdammt zu, und ich will gar nicht daran denken, was die Michalek sagt, wenn sie den Teil über sich liest.

Als die Schulglocke endlich läutet und Erdkunde (auf Englisch diesmal, »*What drives climate change?*« ... das Thema Umweltschutz lässt mich echt nicht los) zu Ende ist, schultere ich meinen Rucksack, schnappe mir mein Fahrrad, das zufälligerweise im Ständer genau neben dem von Moritz lehnt, und rase damit zum Krankenhaus.

Als ich gerade ankomme, habe ich den Eindruck, Anouk auf der Straße zu sehen, es ist wie ein kurzer Schock-Hurrikan, der mich erfasst, aber das kann gar nicht sein, denn Anouk würde niemals Schule schwänzen. Ihre Eltern würden das gar nicht zulassen, niemals, denke ich, als ich vor Julias Tür stehe und klopfe.

»Herein«, sagt sie, und dann sehe ich nicht nur Julia,

sondern auch den Krankenschwester-Koloss, der gerade dabei ist, den Skateboarder samt Bett aus dem Zimmer nebenan zu schieben.

»Bei dir geht's aber heute zu, Julia«, erklärt der Skater mit einem schiefen Grinsen, während mir der Krankenschwester-Koloss nur einen bösen Blick zuwirft und ich schnell die Tür zumache, um nicht noch eine Ansage entgegengeknallt zu bekommen.

»Hey«, sage ich dann und lasse meinen Rucksack auf den Boden von Julias Zweibettzimmer fallen.

»Selber hey«, sagt Julia und lächelt schwach.

Und dann ziehe ich mir einen Stuhl an ihr Bett und setze mich.

»Was für eine Katastrophe«, sage ich nur, und Julia bindet sich ihre Haare zu einem Knoten, der sie ganz streng aussehen lässt. Sie nickt nur und plappert nicht drauflos wie sonst. Die Sache nimmt sie offenbar auch ziemlich mit, schließlich sitzen wir beide im selben Boot.

»Ich weiß echt nicht, was wir tun sollen«, sage ich und seufze. »Die ganze Schule geht gerade auf Anouk los, und ich will mir gar nicht ausmalen, was passiert, wenn auch noch die Michalek davon Wind bekommt.«

Julia nimmt einen Schluck von ihrer Wasserflasche und sieht aus dem Fenster. »Warum hast du denn nichts gesagt?«, fragt sie, und ihre Stimme klingt seltsam.

»Warum habe ich was nicht gesagt?«

»Na, dass du es warst. Gleich am Anfang«, meint Julia,

und ich glaube, ich höre nicht richtig. Und sehe nicht richtig. Denn Julia meidet den Augenkontakt zu mir (das ist ein ganz schlechtes Zeichen, sagt mein Vater immer).

»Dass *ich* es war?«, wiederhole ich und glaube fast vom Stuhl zu fallen. »Die Mail haben wir uns doch zusammen ausgedacht!«

Julia holt tief Luft. »Aber du hast sie geschrieben.«

»Ich habe sie geschrieben?«, schnaufe ich. »Wir haben doch beide zusammengesessen und die Mail formuliert. Was ist das jetzt? Hast du etwa Gedächtnisverlust? Hast du dir bei deinem Sturz auch noch den Kopf angeschlagen?«

Julia verschränkt die Arme vor der Brust und sieht mich dann mit so einem Du-bist-doch-irre-Blick an, dass ich mir wünschte, sie würde wieder aus dem Fenster sehen.

»DU hast den Brief getippt, Flo. Und dann auch noch abgeschickt. Du musst schon zu dem stehen, was du getan hast.«

Ich glaube, meinen Ohren nicht zu trauen. Ist die jetzt verrückt geworden? Bekommt sie hier irgendwelche Drogen verabreicht?!

»Aber ich habe ihn doch nur versehentlich abgeschickt, weil DU mich gestoßen hast«, verteidige ich mich und spüre, wie mir das Blut in den Kopf schießt.

Julia schüttelt den Kopf. »Ist das nicht nur eine Ausrede, weil du den Brief unbedingt abschicken wolltest? Weil Anouk mit Ben rumgeknutscht hat?«

»Du warst es doch, die in mein Zimmer geprescht ist, weil Anouk dich verraten hat. Du wolltest dich doch an ihr rächen!«

»Ich wollte mich nicht an ihr rächen. Außerdem ist die Sache auf dem Mädchenklo echt so was von vergessen.«

Mein Atem geht ganz schnell. »Klar, weil jetzt der Brief das Thema Nummer eins ist! Julia, du kannst doch jetzt nicht die ganze Schuld mir zuschanzen!«

Julia verengt die Augen. »Aber du hast den Brief doch abgeschickt«, sagt sie nur, und sie klingt total überzeugt von dem, was sie sagt, und mehr will ich gar nicht mehr hören. Ich schnappe mir meinen Rucksack und laufe aus dem Krankenzimmer hinaus, durch die Gänge, hinaus auf die Straße, immer schneller und schneller, mit Tränen in den Augen, weil ich jetzt gar keine Freundin mehr habe.

KAPITEL 10

In der Nacht kann ich kaum schlafen. Ich wache immer wieder auf, mir ist heiß, dann ist mir kalt und ich höre Julias Stimme in meinem Kopf. *DU hast die Mail getippt, Flo. Und dann auch noch abgeschickt. Du musst schon zu dem stehen, was du getan hast.*

Die Worte werden immer lauter und ich wälze mich von einer Seite zur andern und ziehe mir die Bettdecke über den Kopf. Mein Herz schlägt schnell. Ich fühle mich verraten und im Stich gelassen, ich fühle mich wie die Trojaner, die das verdammte Pferd auch noch hereingelassen haben, genauso habe ich diesen blöden Brief geschrieben und nicht geahnt, was ein paar Sätze anstellen können. Warum bin ich nur so blöd abgerutscht und habe auf die Maus geklickt? Oder hat Julia das etwa absichtlich gemacht, hat sie mich absichtlich gestoßen, damit der Brief versendet wird? Haben Julia und Anouk das Ganze schon länger geplant? Bin ich womöglich in eine fiese Freundinnen-Falle getappt?!

Ich werfe mir die Bettdecke vom Kopf und atme mehrmals tief ein und aus. Mein Brustkorb hebt und senkt sich schneller als bei unserem asthmatischen Biolehrer.

Ich darf jetzt nur nicht zu einem von den verrückten Verschwörungstheoretikern mutieren, vor denen mich meine Mutter immer warnt.

Ich versuche ruhig zu atmen, es klappt aber nicht richtig. Und ich kann immer noch nicht schlafen. Die Gedanken schießen durch meinen Kopf, und ich sehe Julia vor mir, die mir die Schuld zuschiebt, dann sehe ich Anouk vor mir, der wir die Schuld zugeschoben haben, und dann weiß ich gar nicht mehr, was ich denken soll.

Anouk ist nicht mehr meine Freundin.

Julia ist nicht mehr meine Freundin.

Und ich brauche den Hoffmann nicht, um mir auszurechnen, dass ich jetzt einfach *gar keine Freunde* mehr habe.

Mein Leben ist wirklich das Letzte.

Irgendwann setze ich mich auf, schalte das Licht an und starre Mr Minion an, der in seinem Aquarium mit offenen Augen schläft. Ich würde jetzt auch gerne schlafen, würde mich gerne zu ihm legen und von der Welt durch eine Scheibe getrennt werden, für immer, dann würde das alles hier vielleicht weniger wehtun. Vielleicht würde ich diesen Stich dann einfach nicht mehr spüren, der sich anfühlt, als hätte jemand aus *Fluch der Karibik* mit einer Harpune in meinen Bauch gestoßen und dann mehrmals umgedreht.

»Flo, hast du den Wecker nicht gehört?«, fragt meine Mutter, und ich bemerke, dass ich doch irgendwann einmal eingeschlafen sein muss. Müde linse ich zu ihr hoch.

»Komm, aufstehen«, sagt sie nur, »die Schule wartet.«

Und dann fällt mir alles wieder ein. Dass in der Schule alle denken, dass Anouk den Brief verfasst hat, und dass Julia eine oberfiese Oberblödtante ist, die mir die Schuld zuschiebt und die Harpune mit Anlauf in meinen Magen gestoßen hat.

»Kann ich nicht liegen bleiben?«, frage ich und ziehe mir die Decke über den Kopf.

»Bald sind Ferien«, höre ich meine Mutter, die schon wieder aus der Tür ist, vom Flur rufen, »*dann* kannst du liegen bleiben. Jetzt nicht. Und vergiss nicht den Zahnarzttermin heute Nachmittag!«

Zwanzig Minuten vor Schulbeginn stehe ich vor unserem Schulgebäude, besser gesagt auf der anderen Straßenseite (es ist mir ein Rätsel - ich habe verschlafen und trotzdem bin ich so früh dran. Wahrscheinlich liegt es daran, dass ich nichts gefrühstückt habe. Und aus dem Haus geflüchtet bin, um etwaigen Gesprächen und den skeptischen Blicken meiner Eltern zu entkommen).

Ich starre auf das Schultor, das wie ein Höllenschlund aussieht, der sich mit Schülern füllt. Mir wird übel und ich würde am liebsten umdrehen und nach Hause gehen. Aber das kann ich nicht. Denn meine Mutter ist heute zu Hause und arbeitet an den Vorbereitungen für irgendein Seminar, in dem sie über ihren Job spricht und die größten Fehler der Filmgeschichte präsentiert (was ihr einen Heidenspaß macht, auch wenn sie immer beteuert, dass es »harte Arbeit« ist).

Ich könnte natürlich auch in den Park gehen und dort den Vormittag verbringen, danach zum Zahnarzt – und vielleicht würde keiner davon erfahren. Aber wenn doch, dann würde mein Vater mich ins Kreuzverhör nehmen und die Sache mit dem Brief rausbekommen. Und das darf wirklich AUF KEINEN FALL passieren. Denn dann würde er mir nicht nur Verleumdung, sondern auch unterlassene Hilfeleistung vorwerfen, weil ich einfach zugesehen habe, wie Anouk von den Schülern geschnitten und blöd angemacht wurde (andererseits war Anouk gestern gar nicht da, und vielleicht ist die Sache heute schon vergessen, weil irgendetwas anderes Megakrasses passiert ist. *Du musst gar nicht zugeben, dass Julia und du hinter dem Brief stecken, sei einfach still und niemand wird es je erfahren,* wispert eine verführerische Stimme in meinem Kopf, der ich zu gerne Glauben schenken würde).

Aber stattdessen drücke ich mich bis zur letzten

Minute hier draußen herum, weil ich einfach Schiss davor habe, was mich drinnen erwartet.

Mit gesenktem Kopf trotte ich über den Asphalt, als ich hinter einer Ecke unseren Hausmeister sehe und mir ein kleiner Hund entgegenläuft. Kurz reißt es mich (wegen dem Hausmeister, nicht wegen dem Hund), und ich will umdrehen und abhauen, doch er hat mich schon gesehen.

»Keine Angst, er beißt nicht«, brummt er mir zu.

Der kleine Hund, irgendeine wilde Mischung, die nach einem Cockerspaniel gepaart mit etwas Wuscheligem aussieht, springt an meinem Bein hoch und wedelt aufgeregt mit dem Schwanz. Ich gehe in die Hocke und sehe kurz zu unserem Hausmeister hoch. »Darf ich?«

»Nur zu«, entgegnet er, und ich glaube doch tatsächlich so etwas wie ein Lächeln in seinem Gesicht zu entdecken (das wäre dann das achte Weltwunder, denn er lächelt nie, wirklich niemals).

Das Fell des Kleinen fühlt sich flauschig an und er schleckt mir über die Hand. Er sieht total süß aus mit seinen großen Augen, dem wuscheligen braunen Fell und den weißen Pfoten (eigentlich wollte ich schon immer einen Hund haben, aber meine Mutter ist gegen alles allergisch, was Fell hat, zum Glück hat Papa keine Haare am Rücken).

»Er heißt Schlafmütze«, bemerkt unser Hausmeister in seinen grauen Klamotten und fährt sich über die überschaubare Menge an grauen Haaren auf seinem Kopf.

»Schlafmütze?«, wiederhole ich, und der Hausmeister nickt.

»Ich weiß«, knurrt er, »ich konnte es meiner Schwester nicht ausreden.«

Schlafmütze kläfft und springt auf meinen Oberschenkel hoch. Ich kraule ihn am Köpfchen und er schließt genießerisch die Augen.

»Schläft er denn so viel?«, frage ich und bin mir bewusst, dass ich noch nie so lange mit unserem Hausmeister gesprochen habe. Aber irgendwie wirkt er weniger grimmig, und ich bin froh, dass überhaupt noch jemand aus der Schule mit mir redet.

Er schnauft. »Nein, das kann man wirklich nicht behaupten.«

»Aber warum hat Ihre Schwester ihn dann so genannt?«

Der Hausmeister atmet geräuschvoll aus. »Meine Schwester liebt Zwerge. Wir hatten überall im Garten meiner Eltern Zwerge stehen. Ihr Lieblingsmärchen war Schneewittchen und der Kleine hier heißt nach dem jüngsten Zwerg aus der Disneyverfilmung …«, er macht eine bedeutungsvolle Pause und wir sagen gleichzeitig: »Schlafmütze.«

Er lächelt schon wieder, und es irritiert mich, dass er gar nicht der mürrische, alte Hausmeister ist, den wir alle kennen. Vielleicht liegt es am Hund, vielleicht liegt es daran, dass wir uns außerhalb der Schule begegnen ... aber er ist eigentlich ganz okay.

»Zumindest heißt er nicht Seppel wie einer der anderen Zwerge«, sage ich.

»So hat der letzte Hund geheißen.«

»Oh.«

»Du sagst es.«

Und dann geht er in die Hocke und beginnt, Schlafmütze zu kraulen. Ich sehe auf seine Hand und verstehe jetzt, woher die Kratzer stammen – das muss Schlafmütze gewesen sein. Nichts mit satanischen Blutmessen, wobei ich die roten Ränder unter seinen Fingernägeln immer noch nicht einordnen kann.

»Ach das«, meint er, als er meinem Blick folgt, der wohl ziemlich auffällig gewesen sein muss.

»Das sind die Gartenzwerge.«

»Die Gartenzwerge spritzen Ihnen Blut unter die Fingernägel?«, frage ich und ziehe die Augenbrauen zusammen.

Der Hausmeister beginnt schallend zu lachen, es dröhnt nur so, und ich hoffe, dass es sich nicht zu einem irren Lachen steigert, bei dem er dann ein Teppichmesser zückt und mir die Kehle durchschneidet (okay, ich habe mit Julia und ihrem großen Bruder den einen oder anderen Thriller gesehen, der für mein Alter noch nicht freigegeben war, aber es war nur halb so schlimm – da ich ohnehin die Stimme meiner Mutter im Ohr hatte: »Ein Teppichmesser? Echt jetzt? Woher sollte sie das denn bitte schön jetzt haben?«)

»Erzählt ihr Kinder euch solche Geschichten?«, will der Hausmeister wissen.

Ich schüttle den Kopf. »Ist nur meine Fantasie.«

»Aha. Also, es ist kein Blut, falls es dich beruhigt. Das hier«, er hält seine groben Hände mit den groben Fingern hoch und sieht sich seine Nägel an, »das hier ist Farbe. Vom Bemalen der Gartenzwergmützen.«

Ich glaube, ich höre nicht richtig. »Sie bemalen Gartenzwergmützen?«

Er nickt. »Für meine Schwester. Sie braucht sie für ihre Arbeit.«

Schlafmütze hat sich inzwischen auf den Rücken gelegt, und ich beginne, seinen Bauch zu kraulen.

»Was macht Ihre Schwester denn?«, frage ich.

»Sie ist Künstlerin. Und sie musste wegen einer Blinddarm-OP ins Krankenhaus – da sie aber in wenigen Tagen eine Ausstellung mit ihren Skulpturen hat, habe ich versprochen, ihr zu helfen. Ich kümmere mich um Schlafmütze und bemale die Mützen, was bei der ersten noch ganz lustig war, bei der vierundzwanzigsten aber seinen Reiz verliert – solltest du es jemals ausprobieren wollen.«

Ich schüttle den Kopf. »Nein danke.« Ich sehe ihn an. »Es ist nett, dass Sie Ihrer Schwester helfen.«

Der Hausmeister steht auf. »Aber das ist doch selbstverständlich. Immerhin sind wir eine Familie. Und Familie und Freunde lässt man nicht im Stich, egal wie sehr sie einen nerven und was für bescheuerte Namen sie für ihre Haustiere aussuchen.«

Schlafmütze rollt sich wieder auf den Bauch und schmiegt sich nun an das Bein des Hausmeisters. Und ich denke an Anouk, die mal meine Freundin war, und dass ich sie jetzt total im Stich lasse, weil ich einfach Schiss habe. Und dass ich damit nicht besser bin als die doofe Julia. Obwohl Anouk sich schon echt doof benommen hat.

»So«, sagt der Hausmeister wie aufs Stichwort, »und jetzt ist wohl Zeit für die Schule. Also für uns beide.« Er hebt Schlafmütze hoch und nickt mir zu. »Und egal, wovor du dich hier draußen versteckst, so schlimm wird es nicht sein.« Er macht eine Pause. »Es ist nie so schlimm, wie man glaubt.«

Als ich durch den Gang zum Klassenzimmer gehe, habe ich beinahe einen Entschluss gefasst: Ich werde allen sagen, dass Julia und ich den Brief geschrieben haben (ja, Julia und ich, nicht ich allein. Sie soll das ruhig mit ausbaden). Ich werde also total mutig sein, es vor der ganzen Klasse gestehen und mich dann einfach auf meinen Platz setzen (oder wegrennen).

Ich bin gerade dabei, mir meine Worte zurechtzulegen,

wobei ich noch kurz zwischen »Julia und ich haben den Brief geschrieben, nicht Anouk. Es war ein Unfall und es tut mir leid« und »Julia und ich haben unabsichtlich den Brief geschrieben, nicht Anouk. Jeder von euch hat doch schon mal Blödsinn gemacht, oder?« schwanke, als ich merke, dass mich einige Mädchen auf dem Gang seltsam ansehen. Da ich nichts gegessen habe, kann kein Nutellafleck auf meinem Kinn kleben, und Pickel habe ich eigentlich auch keinen, aber irgendetwas scheint los zu sein. Ich ahne Furchtbares. Vanessa und Pia gehen an mir vorbei und werfen mir abfällige Blicke zu, als hätte ich eine hochansteckende Krankheit, und als ich in die Klasse komme, sieht mich Charlotte kopfschüttelnd an.

»Das hätte ich nicht von dir erwartet, Flo. Nicht von dir.«

Und dann sehe ich Anouk, die wieder auf ihrem Platz sitzt und mich betrachtet, als wäre ich eine hochansteckende Krankheit plus ein widerliches Insekt, und dann rempelt mich auch noch Lasse an. »Du bist so eine blöde Kuh, Flo.«

Ich merke, wie mein Puls in die Höhe schießt und wie alle tuscheln und mit dem Finger auf mich zeigen, und zum ersten Mal in meinem Leben ist die Flolitis nicht das Furchtbarste, was mir passiert. Denn das hier ist noch einen Tick schrecklicher: Mein Herz hämmert gegen meine Brust, ich schwitze, mir ist kotzübel, ich bin röter als der Teufel und werde angesehen, als wäre ich der Leibhaftige.

»SIE WISSEN ES«, dröhnt es immer wieder durch meinen Kopf. »SIE WISSEN ES.«

Mein Körper setzt sich automatisch auf meinen Platz, er ist wie ferngesteuert, denn mein Hirn ist zu nichts mehr fähig, und ich höre die Worte des Hausmeisters: »Es ist nie so schlimm, wie man glaubt« – und ich weiß, dass er recht hat. *Denn es ist viel schlimmer.*

KAPITEL 11

»Wie kann man seiner besten Freundin nur so etwas antun? Das ist echt voll Scheiße«, sagt Piet, und selbst die Jungs, die sich sonst aus allem raushalten, starren mich an. Alle starren mich an, so als würde mir ein drittes Auge mit Haaren aus der Nase wachsen, während ich selbst nur die Tischplatte anstarre und mich nicht traue, meine ZWEI Augen auch nur einen Hauch in eine andere Richtung zu bewegen.

Eins ist klar: Sie hassen mich.

Alle in meiner Klasse hassen mich, das ist das Einzige, woran ich denken kann, während sie tuscheln und zischen. Es ist genau wie bei Anouk damals, nur viel lauter. Es ist lauter und aggressiver, und ich beiße mir fest auf die Lippen, um nicht draufloszuheulen. Ich befehle meinem Körper, jetzt nicht zu weinen, befehle den verdammten Tränen, wieder umzukehren und zurück in meine Augen zu kriechen, befehle mir selbst, stark zu sein. Aber da spüre ich schon die heiße Flüssigkeit aus meinen Augenwinkeln und über meine Wangen laufen.

Ich lasse die Haare noch weiter vor mein Gesicht fallen und stütze mich mit den Händen auf, und dann höre ich, wie das Getuschel und Gemurmel leiser wird, weil die Stunde angefangen hat. Ich wische mir superschnell den Rotz und die Tränen mit dem Handrücken vom Gesicht und starre weiterhin auf meinen Tisch, während ich hinter mir leise Schritte höre. Und dann rieche ich schon das Parfüm von der Michalek, während ihr bunter Schatten an mir vorüberschwebt und das Gemurmel der anderen ganz verstummt.

Meine Wangen brennen wie Feuer, und ich weiß, dass ich nicht ewig auf meinen Tisch starren kann. Wahrscheinlich sehe ich total verheult aus, aber dann denke ich mir, dass das noch mein kleinstes Problem ist, und hebe den Kopf.

Die Michalek ist vorne an der Tafel angekommen und sieht irgendwie anders aus als sonst. Also auf den ersten Blick ist sie noch dieselbe, aber irgendetwas ist mit ihrem Gesicht passiert. Ich überlege kurz, ob sie vielleicht auch geheult hat, aber so etwas machen Lehrer wahrscheinlich nicht.

»Schlagt eure Bücher auf Seite hundertvierundzwanzig auf«, sagt die Michalek mit einer Stimme, die gar nicht zu ihr passt, und spätestens jetzt weiß ich, dass sie den Brief auch gelesen hat.

Sie sieht mich für einen winzigen Moment lang an und wendet sich dann ruckartig ab. Ich schlucke und fühle, wie meine Augen schon wieder zu brennen beginnen.

Ich konnte die Einmischerei von der Michalek nie leiden, ich konnte es nicht leiden, dass sie mich ständig nach vorne geholt und von meiner Flolitis zu »heilen« versucht hat, aber irgendwie hab ich immer gespürt, dass sie mich mochte. Und jetzt hab ich das Gefühl, sie mag mich kein bisschen mehr. Sie steht da in ihrer schrecklichen geblümten Bluse und wirkt wie ein anderer Mensch. Ihr Gesicht ist viel blasser als sonst, und sie betastet immer wieder fahrig ihre Vogelnestfrisur, was ihr wahrscheinlich gar nicht auffällt.

Anouk sitzt mit stocksteifem Rücken vor mir und starrt in ihr aufgeschlagenes Buch, aber die anderen tun das nicht. Lasse lehnt auf seinem Stuhl und wirft mir die ganze Zeit supergiftige Blicke zu, die mich wahrscheinlich tot umfallen lassen sollen. Charlotte betrachtet mich aus den Augenwinkeln, die Lippen zu einer festen Linie zusammengepresst und mit ganz hektischen roten Flecken auf den Wangen. Emma sieht aus, als hätte ich vor, den weltgrößten Katzenschlachthof zu eröffnen, und Tiaras Cara-Delevingne-Augenbrauen sind so fest zusammengezogen, dass sie mich an eine fette, haarige Raupe erinnern. Ich kann überhaupt nirgendwo mehr hinsehen, ohne einen gemeinen, abfälligen oder total wütenden Blick aufzufangen, und vergrabe mich den Rest der Stunde in meinem Buch. Und während der ganzen Zeit nimmt mich die Michalek kein einziges Mal dran (nicht, dass ich mich gemeldet hätte, aber normalerweise macht sie das trotzdem), was mir klar zeigt, dass sie mich am liebsten gar nicht mehr sehen würde.

Sie würdigt mich nicht mal eines Blickes, als sie mir den Cybermobbing-Aufsatz zurückgibt, auf den ich eine glatte Eins bekommen habe. Ich stecke die ausgedruckten Seiten mit zitternden Fingern in meine Mappe und denke, dass sie mich jetzt wahrscheinlich auch anders benoten würde.

Irgendwann klingelt es zur Pause. Die Michalek rauscht aus dem Raum, und ich habe das Gefühl, sie ist froh, meinen Anblick nicht länger ertragen zu müssen. Ich packe meine Sachen in Windeseile zusammen und will ebenfalls verschwinden, als sich mir Lasse in den Weg stellt.

»Nicht so schnell«, sagt er wütend. »Du haust jetzt nicht einfach ab. Zuerst entschuldigst du dich.«

Anouk hat sich auf ihrem Platz herumgedreht und sieht mich mit eiskalten Augen an.

Ich befeuchte die Lippen mit meiner Zunge, aber meine Kehle ist wie zugeschnürt. Und obwohl ich mich entschuldigen will, kommt kein einziger Ton aus meinem Mund.

»Du bist echt das Allerletzte«, speit Lasse mir entgegen.

»Schreibst zuerst so einen beschissenen Brief und hast dann nicht mal den Mumm, dich zu entschuldigen.«

Ich sehe Anouk an, die jetzt einfach nur geradeaus starrt, sehe von ihr zu Lasse, und dann habe ich das Gefühl, Lasse jeden Moment vor die Füße zu kotzen, wenn ich noch länger hier stehe. Und weil das der absolute Super-GAU wäre an einem Tag, der ohnehin schon der schlimmste in meinem Leben ist, dränge ich mich an ihm vorbei und renne auf die Mädchentoilette.

Dort lasse ich mich auf die Knie fallen und halte den Kopf über das Klo, aber außer einem tiefen, bitteren Schluchzen kommt nichts aus mir heraus. Und dann heule ich. Es ist mir nicht egal, ob sie mich hören, und es ist mir auch nicht egal, was die anderen denken, aber ich kann einfach nicht anders, als zu heulen. Meine ganze beschissene Hilflosigkeit kommt in diesem Moment hoch, und ich hasse mein Leben, ich hasse Julia, die mich im Stich lässt, ich hasse Anouk, die durch ihre blöde Art den Stein überhaupt erst ins Rollen gebracht hat, und ich hasse die Leute aus meiner Klasse, die mich jetzt alle dissen, und die Michalek, die mich ebenfalls schneidet, und überhaupt alle, ich hasse sie alle, und am meisten hasse ich mich selbst.

Als meine Tränen irgendwann versiegt sind, wird mir bewusst, wie eklig es ist, in der Mädchentoilette auf dem

Boden zu knien (obwohl es natürlich noch eine Steigerung dazu gibt: nämlich in der Jungstoilette auf dem Boden zu knien), und ich richte mich rasch auf. Dann putze ich mir die Nase mit Klopapier, spüle runter und lege mein Ohr an die Kabinentür. Von draußen ist nichts zu hören und ich wage mich vorsichtig aus meinem Versteck.

Zum Glück bin ich alleine auf der Toilette. Aus dem Spiegel blickt mir ein total verheultes Etwas entgegen, das nur entfernte Ähnlichkeit mit mir selbst hat. Ich will gar nicht weiter hinsehen und wasche mir das Gesicht mit eiskaltem Wasser, als die Pausenglocke auch schon zur nächsten Stunde klingelt. Hastig drücke ich die Tür zum Gang auf und knalle gegen einen großen dunkelhaarigen Typen. Er greift reflexartig nach meinem Arm, lässt mich aber sofort wieder los, als er erkennt, wer ich bin.

»Du«, sagt Moritz hart.

»Ja, ich«, erwidere ich matt. Das ganze Heulen scheint auch meine Flolitis zeitweilig geheilt zu haben.

»Das hast du ja echt toll hingekriegt«, meint er kalt und mustert mich von oben bis unten. Ich spüre, wie mir schon wieder die Röte in die Wangen schießt.

»Möchtest du mir was sagen?«, frage ich. »Oder willst du auch nur etwas auf mir herumhacken, Moritz?«

Er schnaubt. »Muss ich nicht. Die anderen machen das ja schon ziemlich gut ... Du vergraulst echt jeden

Freund, Flo«, erwidert er. »Wer weiß, vielleicht ist Freundschaft einfach nicht dein Ding.« Und mit diesen Worten wendet er sich ab und geht. Ich sehe ihm zu, wie er in seiner Klasse verschwindet und die wenigen noch verbliebenen Schüler auf dem Korridor mich mit großen Augen angaffen, bevor sie miteinander zu tuscheln beginnen, und bin kurz versucht, jetzt einfach abzuhauen. Es wäre ganz leicht. Ich müsste nur durch den Gang und zur Tür hinaus, aber die Genugtuung, dass ich jetzt gehe, will ich ihnen nicht geben. Also recke ich das Kinn in die Höhe und bewege mein verheultes, gedemütigtes Ich in Richtung Klassentür.

Ein gefühltes Jahrzehnt später ist dieser schreckliche Schultag endlich zu Ende, und ich packe meine Sachen und mache, dass ich wegkomme. Ich habe ausnahmslos jede Pause auf dem Mädchenklo verbracht, ich habe nichts gegessen, habe mit niemandem geredet, und mein Handy habe ich auch auf stumm geschaltet. Jetzt schaue ich nicht nach rechts oder links, sondern blicke nur stur geradeaus und verlasse die Schule beinahe im Laufschritt. Auf der Straße habe ich noch immer das Gefühl, dass mich alle anstarren, und erst, als ich in den Park komme, in dem ich den tragischen Eichhörnchentod beobachtet habe, beginne ich mich langsam zu entspannen. Die Vögel zwitschern, die Sonne scheint, es ist frühlingshaft warm, und es sind genug Jogger, Hundebesitzer und

Mütter mit Kleinkindern unterwegs, die keine Ahnung von meinem schrecklichen Tag haben.

Ich schlurfe zu einer freien Bank im Schatten und lasse mich unter den Ästen einer ausladenden Eiche nieder. Am Stamm des Baumes ist ein Schild befestigt, auf dem steht: *»Vor Eichen sollst du weichen.«* Das fühlt sich irgendwie passend an, da ich ja nun auch zu denen gehöre, die gemieden werden. Vielleicht bekomme ich morgen auch so ein Schild verpasst, auf dem steht: *»Verbannt Flo ins Nirgendwo oder für immer aufs Klo.«*

Mein auf lautlos geschaltetes Handy vibriert ständig, weil immer neue WhatsApp-Nachrichten eintrudeln, die zu 99,7 % mir gelten. Ich habe in der zweiten Pause aufgehört, mir die Gemeinheiten in den diversen Gruppen durchzulesen, und nun hole ich das dämliche Ding aus meiner Tasche und schalte es ganz aus. Und dann sitze ich da und versuche, mein Hirn auch auszuschalten, was aber nicht gelingt, da mein blödes Hirn leider überhaupt keine Lust hat, die Klappe zu halten. Stattdessen zeigt es mir immer und immer wieder die schrecklichsten Momente der vergangenen Tage, es ist wie ein grauenhaftes Best-of der Peinlichkeiten.

Und ich sitze da und wünsche mir verzweifelt, ich hätte eine Zeitmaschine, die mich zu dem Moment zurückbringt, als die Computermaus verrutschte und ich unabsichtlich diese dämliche Mail verschickt habe. Immer und immer wieder spiele ich die blöde Situation durch, in der Moritz mit dem Gartentor knallt und Julia auf meine rechte Hand drückt, wodurch die Nachricht abgeschickt wird. Wieder und wieder sehe ich die Blicke der anderen und höre ihr Tuscheln und wünschte, mir wäre heute tatsächlich einfach nur ein drittes Auge gewachsen.

KAPITEL 12

»Wo warst du?«, blafft mich meine Mutter an, kaum dass ich zur Tür reinkomme.

Ich werde schon wieder rot, was mir superpeinlich ist, und versuche meinen heftigen Herzschlag unter Kontrolle zu bekommen.

»In der Schule«, gebe ich betont ruhig zurück. »Du wolltest doch heute Morgen, dass ich da hingehe, oder nicht?«

»Ja, das wollte ich«, sagt Mama nickend und verschränkt die Arme vor der Brust. »Aber ich wollte auch, dass du nach der Schule wieder nach Hause kommst, damit ich mit dir zum Zahnarzt fahren kann. Ich habe schon ungefähr hundertmal bei dir angerufen, Flo! Ich habe mir solche Sorgen um dich gemacht!«

Ich lasse den Rucksack von der Schulter rutschen und fühle mich sogar noch ein kleines bisschen idiotischer als bis gerade eben. (Ja, das geht. Hätte es selbst nicht gedacht.)

»Tut mir leid«, murmele ich. »Ich hab den Zahnarzt komplett vergessen.«

»Und dein Handy aufzuladen hast du offenbar auch vergessen«, schnaubt Mama, die anscheinend denkt, dass mein Akku alle war.

Ich schaue sie an. Wie es aussieht, hat sie sich wirklich Sorgen um mich gemacht, und plötzlich hab ich eine ganz enge Kehle, weil ich das Gefühl habe, dass sie und Papa die einzigen Menschen auf der Welt sind, die mich noch gernhaben. Und gleichzeitig h a s s e ich es, so weinerlich und heulsusig zu sein, weil es überhaupt nicht zu mir passt, sondern höchstens zu so Leuten wie dem Lauterbach.

»Tut mir leid«, wiederhole ich zerknirscht. »Hast du einen neuen Termin gekriegt?«

»Ja, aber erst in zwei Wochen«, seufzt Mama und bindet ihre langen Haare zu einem Pferdeschwanz.

Ich senke den Kopf. »Ich geh in mein Zimmer, okay?«

Ihre Augenbrauen verengen sich und sie kommt zu mir her. Dann sieht sie mir tief in die Augen und streicht mir über die Wange. »Alles in Ordnung, Schätzchen?«

»Ja, ich ... Ich hab nur jede Menge Hausaufgaben«, sage ich schnell. Ich will sie nicht anlügen, aber ich kann ihr auch nicht die Wahrheit sagen. Und dann versuche ich ein Lächeln, bevor ich so normal und unauffällig in mein Zimmer gehe, wie ich nur kann.

Mr Minion erwacht gerade von einem Nickerchen, als ich die Tür aufmache. Ich lasse meinen Rucksack auf den Boden fallen, sperre hinter mir ab und ziehe die Vorhänge vor. Dann werfe ich mich aufs Bett und starre an die Decke. Tausend Gedanken zischen durch meinen Kopf. Erst jetzt, hier in meinem Zimmer, wo mich niemand sehen kann, habe ich genug Ruhe, um mich zu fragen, woher eigentlich auf einmal alle wissen, dass *ich* die Mail geschrieben habe. Lasse scheint es schon gestern geahnt zu haben, was mir im Nachhinein total seltsam vorkommt.

Habe ich mir vielleicht doch nicht eingebildet, Anouk von Julias Krankenhaus weggehen gesehen zu haben? Kann es sein, dass Julia mit Anouk gesprochen und mir die ganze Schuld in die Schuhe geschoben hat?

Der Gedanke fühlt sich an, als hätte man mich in eine Badewanne voller Eiswürfel getaucht.

Das würde Julia niemals tun. Oder doch?

Ich fahre mir mit beiden Händen über die Augen und wünschte, ich wüsste, was hier abgeht. Und dann muss ich auch noch an Moritz denken, der meinte, Freundschaften seien »vielleicht einfach nicht mein Ding«.

Und in meinen Gedanken sehe ich ihn unbeeindruckt an und erwidere, *dass dafür Vorurteile total sein Ding sind,* bevor ich mich kühl abwende und ihn stehen lasse. Nicht umgekehrt! Ich hätte einfach weggehen sollen. Und weil es mich dann auch schon selbst ankotzt, dass ich seit geschlagenen n e u n S t u n d e n kein anderes Thema habe als diese bescheuerte Fake-Mail, entscheide ich mich, jetzt sofort damit aufzuhören.

Ich verbiete mir, weiter darüber nachzudenken, und mache stattdessen das blöde Bewerbungsvideo für die Schülerzeitung fertig. Einfach nur, um irgendetwas anderes zu tun, als weiter über Anouk und Julia und Moritz nachzudenken.

Zwei Stunden später ist mein Film fertig geschnitten, und ich habe es geschafft, mich tatsächlich auf mein Video zu konzentrieren (Meine Mutter sagt immer, dass Künstler ihre Kreativität besonders dann entfalten, wenn sie Leid zu tragen haben – was zumindest eine Erklärung wäre). Mein Video trägt den Titel: »Welche Arten von Umweltsündern gibt es?« und ist richtig komisch geworden (also im lustigen Sinn, hoffe ich zumindest). Mama hat mich mit ihrer kleinen Rede über die sieben Arten von Filmfehlern auf die Idee gebracht, und ich habe jetzt zu jeder Art von Umweltsünde, die mir eingefallen ist, jemanden gefilmt.

Das sind meine sieben Arten von Umweltsündern:

1. Der Fleischfresser
2. Der Dosenkicker
3. Der Wasserlasser

4. Der Plastikbeutelkäufer
5. Der Lichtschläfer
6. Der Faulsack
7. Die Unbelehrbaren

Beim Fleischfresser habe ich Blödtante Vanessa aufgenommen, die zwar immer behauptet, Vegetarierin zu sein, sich dann aber heimlich einen Fünferpack Bifis reinzieht. Und beim Dosenkicker hab ich natürlich auf Eichhörnchenmörder Moritz zurückgegriffen (der immer wieder gerne Dosen in die Gegend kickt) und auch der Wasserlasser war einfach – da musste ich nur heimlich Papa beim Zähneputzen filmen (er lässt i m m e r das Wasser laufen, egal wie oft wir ihm sagen, er soll es abdrehen!). Als Faulsack hab ich Mama genommen, die zum Einkaufen mit dem Auto fährt, weil sie keine Lust hat, schwere Tüten zu schleppen. Aber zumindest nimmt sie immer einen Einkaufskorb mit und hortet keine Plastiktüten, so wie unser Nachbar, der die Dinger anscheinend sammelt. Ihn hab ich gefilmt, wie er mit fünf davon aus dem Auto steigt. Als Lichtschläfer habe ich Mr Minion geoutet, dessen Aquariumsbeleuchtung die ganze Nacht an ist (dass ich diejenige bin, die das Licht nicht ausschaltet, muss ich ja nicht erwähnen). Und unbelehrbar ist eindeutig die Sprechstundenhilfe von unserem Zahnarzt, die immer wie in der Hölle einheizt, weil sie so stark friert – und dann gleichzeitig das Fenster aufreißt, weil jeder Mensch doch frische Luft braucht (energetisch und kostentechnisch der absolute Wahnsinn).

Als ich mit dem Video fertig bin, fühle ich einen kleinen Anflug von Stolz. Ich kann mir zwar nicht vorstellen, dass ich auch nur die allergeringste Chance habe, in die Schülerzeitung aufgenommen (oder zu Bens Party eingeladen) zu werden, aber das ist mir jetzt egal.

Mein Video ist endlich fertig.

Ich überspiele es auf einen USB-Stick, widerstehe der Versuchung, auf die SCHLOG-Site zu gehen, widerstehe ebenfalls der Versuchung, mir die Kommentare auf WhatsApp durchzulesen, schaue nicht mal mehr bei Instagram rein und lege mich an diesem Abend wie ein Baby schon um acht ins Bett.

Der nächste Morgen vergeht viel zu schnell. Genauso, wie die Tage ohne Julia in Zeitlupe verstrichen sind, habe ich nun das Gefühl, dass jemand bei mir den Schnellvorlauf eingestellt hat. Aufstehen, keinen Bissen runterkriegen, in die Schule gehen: Zack, nur gefühlte fünf Sekunden verstrichen.

Kaum betrete ich das Schulhaus, springt die Zeit jedoch wieder auf normal. Und es ist noch genauso schlimm wie gestern. Ich halte den Kopf gesenkt, weil es mir so besser gelingt, die fiesen Blicke und das Getuschel zu ignorieren, und laufe die Treppe zum Büro der

Schülerzeitung hoch. Hinter der dünnen Glastür höre ich einen Jungen lachen und habe das Gefühl, dass meine Knie jeden Moment unter mir nachgeben. Ich kann doch nicht als meistgehasster Mensch der ganzen Schule ein Bewerbungsvideo für die Schülerzeitung abgeben!

Zwei Mädchen aus der Siebten gehen vorbei und starren mich unverhohlen an. Dann zückt eine ihr Handy und macht ein Foto von mir, während die andere ihr was ins Ohr flüstert. Ich werde knallrot, und was ich als Nächstes tue, ist keine bewusste Entscheidung: Einfach nur, um von ihnen wegzukommen, drücke ich die Klinke hinunter und platze in das Büro der Schülerzeitung hinein.

Ein Typ mit kurzen blonden Haaren sieht mich überrascht an. Neben ihm lümmelt ein rothaariges Mädchen mit Pixie-Cut auf einem Drehstuhl vor einem Computer und zieht bei meinem Anblick die Stupsnase kraus.

»Oh mein Gott!«, kreischt sie dann. »Du bist doch …«

»Kann ich hier mein Bewerbungsvideo abgeben?«, frage ich ganz schnell, bevor mich der Mut verlässt und die Flolitis wieder zuschlägt. Der Typ nickt langsam, während die Rothaarige so aussieht, als könnte sie sich nicht entscheiden, ob sie in hysterisches Gelächter ausbrechen oder mich für den gefälschten Brief zur Rede stellen will, deshalb knalle ich ihnen einfach schnell meinen USB-Stick auf den Tisch, drehe mich um und mache, dass ich wegkomme.

Den Rest des Vormittags verbringe ich genauso. Mit Davonrennen und Verstecken.

Hinter jeder Ecke wird getuschelt und mit dem Finger auf mich gezeigt. Ich fühle mich wie Taylor Swift beim Dessous-Shopping. Nur dass keine Paparazzi hinter mir her sind, sondern irgendwelche Mitschüler mit Handykameras. Und sogar die Lehrer gucken mich komisch an. Offenbar weiß inzwischen jeder Mensch inklusive dem dicken Kioskverkäufer am Schulhof über mich Bescheid. Ständig höre ich das typische WhatsApp-Gebimmel der anderen (wahrscheinlich haben sie schon eine eigene Gruppe gebildet: »Du hasst Flo? Willkommen!«) – und ich will gar nicht wissen, was sie alles über mich schreiben.

Sobald mich der Unterricht zwingt, das Schulhaus zu durchqueren, halte ich den Kopf gesenkt. Ich werde gefilmt, fotografiert und blöd angemacht – es ist einfach schrecklich. Und ich weiß, dass ich mich in meinem ganzen Leben noch nie so geschämt habe.

In der Mittagspause strömen alle in die Kantine. Ich stelle mir vor, wie es wäre, jetzt aufzustehen und mich ihnen anzuschließen. Wahrscheinlich würde ein eisiger Hauch durch den Speisesaal wehen und alle Gespräche würden verstummen. Anouk und die Blödtanten würden mich kalt ansehen, und dann würde Anouk mit dem Finger auf mich zeigen, woraufhin jeder nach seinem

Essen greifen und es voller Wut in mein Gesicht schleudern würde …

Nein danke, da bleibe ich lieber auf meinem Platz sitzen und stöpsele mir die Kopfhörer meines iPhones in die Ohren. Ich brauche jetzt Musik, ich brauche irgendwas von den Lochis, um den letzten ätzenden Kommentar (*»wahrscheinlich hat sich Julia absichtlich das Bein gebrochen, um nicht neben der Verräterschlampe sitzen zu müssen«*) zu übertönen. Die anderen gehen alle essen, und ich sitze da, mit knurrendem Magen, und versuche mir einzureden, dass es langsam besser wird.

Wird es aber nicht. Es wird immer schlimmer.

Als die meisten aus unserer Klasse weg sind, und nur ein harter Kern von vier Typen übrig ist (die mich zur Abwechslung jedoch ignorieren), gestehe ich mir ein, dass dieser blöde Kummerkastenbrief weit höhere Wellen schlägt, als Greta es mit ihrem geklauten USB-Stick je geschafft hat. Und weil ich es leid bin, mich zu verstecken, vor ihnen und vor ihren Kommentaren, gehe ich auf die Seite des Schülerzeitungsblogs und klicke den Artikel von Tina an:

Hey, Leute,

heute gibt es wieder mal Girlie-Talk de luxe von Tina, die sich nur für euch in die unüberschaubaren Weiten der Onlinemagazine begibt, um euch die coolsten Trends, die neuesten

Frisuren und die angesagtesten Modeerscheinungen präsentieren zu können.

Heute geht es aber nicht um Mode oder Make-up, sondern um UNSERE SCHULE. Ja, ihr habt richtig gelesen, unsere Schule taucht in einer Kummerkasten-Mail auf, die Dr. Zomp öffentlich beantwortet hat. Woher ich das weiß?

Nun, lest selbst und ihr werdet vielleicht die eine oder andere Parallele zu einem Lehrer, einer Schülerin oder unserem Hausmeister ziehen.

Aber urteilt nicht vorschnell, denn wir wissen aus vertraulicher Quelle, dass es n i c h t Anouk Reinemann war, die den Brief verfasst hat, sondern eine gewisse … nun, das darf ich euch aus Datenschutzgründen natürlich nicht sagen. Schließlich will ich mir keinen Ärger mit Frau Direktor Polterer einhandeln. Aber ihr wisst wahrscheinlich ohnehin schon, wen ich meine. Es ist ein Mädchen, das wohl niemand zur Freundin haben will.

Also, klickt euch rein, und sagt mir, was ihr von der Sache haltet! Ich freue mich auf eure Kommentare!

Mein Mund ist wie ausgedörrt, als ich auf den Link klicke. Eine neue Seite öffnet sich und ich sehe meine (und Julias!) abgedruckte Mail und danach die Antwort von Dr. Zomp. Darunter gibt es einen Button »Kommentare«, und in meinem Kopf entstehen die wildesten Fantasien, was die anderen wohl kommentiert haben. Von: »Sprecht nie wieder ein Wort mit dieser Bitch!« bis zu: »Tötet ihren Goldfisch!« ist alles dabei.

Mit klopfendem Herzen tippe ich auf das Kommentarfeld, und es öffnet sich ein neues Fenster:

Aufgrund der schulinternen Bestimmung gegen Cybermobbing ist die Kommentarfunktion unter diesem Beitrag bis auf Weiteres gesperrt.

Mein Blut rauscht in meinen Ohren, während ich auf die drei Zeilen starre. Die Schule hat allen Ernstes die Kommentarfunktion deaktiviert? Das bedeutet, dass es absolut wüst zugegangen sein muss - und dass jetzt auch offiziell alle Lehrer darüber Bescheid wissen. Ich lege das Handy mit zitternden Fingern zurück auf die Tischplatte und weiß nicht, ob ich froh sein soll, dass mir die ungefilterten Meinungen der anderen erspart geblieben sind, oder ob es besser wäre, zu wissen, was der Feind denkt, um so vielleicht zu verhindern, dass ich irgendwann mit einem Messer im Rücken aufwache[3].

---

3 Okay, mit einem Messer im Rücken wacht man nicht mehr auf, ich weiß. Das ist ja die wahre Tragödie daran.

KAPITEL 13

Die nächsten drei Tage werde ich nicht mit einem Messer erstochen (gut, was nicht ist, kann ja noch werden), aber die Blicke und das ständige Getuschel der anderen sind auch nicht viel besser. Denn ich bin nach wie vor Thema Nummer eins in der Schule.

Wahrscheinlich bekomme ich bald Nackenschmerzen und Rückenprobleme wie Tante Audette, weil ich immer mit gesenktem Blick durch die Gänge laufe, da ich keine Lust habe, mich von allen so gemein angaffen zu lassen. Ab und zu muss ich natürlich hochblicken, um nicht gegen eine Tür, einen Mitschüler oder einen Lehrer zu rennen, denn das wäre ein gefundenes Fressen für alle. Nicht nur einmal hatte ich das Gefühl, von Schülern aus der Siebten verfolgt zu werden, die versucht haben, Live-Aufnahmen vom »Monster« zu schießen – die fänden es sicher toll, wenn ich gegen eine Tür knallen würde und sie das passende YouTube-Video »Fiese Briefeschreiberin randaliert in Schule« online stellen könnten.

Mein Vater hat mich schon immer vor den Gefahren des Internets gewarnt (»Was du einmal postest, ist für immer verfügbar, denk daran, Flo! Überleg dir also gut, was du schreibst, und stell dir jedes Mal die Frage: Würde ich wollen, dass Oma und Opa DAS von mir wissen?«[4]).

Es ist das erste Mal, dass ich diesem Ansatz etwas abgewinnen kann. Zumindest ein bisschen.

Denn obwohl ich weiß, dass es nicht gut für mich ist, juckt es mich ab und zu, und dann sehe ich nach, was in den WhatsApp Gruppen geschrieben wird. (Wahrscheinlich ist das so eine masochistische Ader in mir, die mir von Onkel Hendrik vererbt wurde. Das ist der Mann von Tante Audette, und der isst unglaublich gerne Knoblauch, obwohl er ihn überhaupt nicht verträgt und nachher immer richtig dolle Bauchschmerzen davon bekommt. Dann liegt er stöhnend auf der Couch und krümmt sich die ganze Zeit. Seit Jahren hoffen wir inständig, dass ihn die Schmerzen von seiner Knoblauchsucht – und uns von dem wirklich penetranten Geruch – befreien, vergebens.)

So stalke ich also quasi meinen eigenen Untergang, wahrscheinlich, weil ich hoffe, dass es besser wird. Ich will wissen, ob es abnimmt. Ob die Bemerkungen sanf-

---

4 Oma und Opa haben überhaupt kein Internet. Sie halten es für eine Modeerscheinung, die bald verschwunden sein wird. (Ich stelle nicht zur Diskussion, wer letztendlich wohl früher verschwindet.)

ter werden. Ob irgendjemand Verständnis für mich aufbringt und den ganzen Rummel um eine harmlose Dreizehnjährige zu viel findet und für ein Ende der Hexenjagd plädiert.

Es findet sich aber keiner, im Gegenteil. Es wird fieser und hetzerischer, und es gibt mittlerweile ein Ranking mit den schlimmsten Verbrechern aller Zeiten, bei dem ich mich auf Platz drei befinde (noch vor unserem Geschichtslehrer, der Tests immer gleich am ersten Schultag nach den Ferien schreiben lässt).

Mittlerweile bin ich der Meinung, dass mich die Sache bis zu meinem Abitur begleiten wird. Wahrscheinlich werde ich auch an der Uni oder bei einem Job abgelehnt werden, weil die davon Wind bekommen haben. Ich werde dann also meinen Namen ändern, in eine neue Stadt ziehen und meine Haare färben müssen, um überhaupt eine Chance auf ein normales Leben zu haben. Vielleicht brauche ich auch noch eine Schönheits-OP, um auf Nummer sicher zu gehen.

Aber dann denke ich an Anouk und an Julia, die mir das alles eingebrockt haben und jetzt vielleicht im Krankenzimmer gemeinsam Serien gucken und Kekse naschen und sich göttlich darüber amüsieren, dass ich zum Schulfeind Nummer eins mutiert bin. (*Schulfeind Nummer eins* habe ich mir übrigens nicht ausgedacht, das fiel auch in einer der WhatsApp-Gruppen). Und dann regt sich doch wieder eine Stimme in mir, die den beiden Verräterinnen den Sieg nicht gönnt, und ich beschließe, mich nicht unterkriegen zu lassen. Was leider nicht immer klappt.

Meine Eltern haben zum Glück von all dem Trubel nichts mitbekommen. Und anscheinend sind sie auch von der Schule nicht informiert worden, was zumindest bedeutet, dass keine Strafmaßnahmen gegen mich eingeleitet werden. ODER sie sind einfach noch nicht so weit und überlegen sich gerade eine gerechte Strafe für mich, sitzen im Lehrerzimmer und diskutieren, wie man mit so einer Situation *verantwortungsvoll umgehen* soll, *pädagogisch wertvoll*, mit *abschreckender Wirkung für zukünftige Missetäter.* (Der Lauterbach schlägt garantiert vor, meine Kunstwerke – als rein stimmungssteigernde Maßnahme – direkt auf dem Schulhof zu verbrennen.)

Ich habe echt keinen Plan, was ich machen soll.

Ich fühle mich so alleine, obwohl ich doch mit vierundzwanzig anderen Schülern auf engstem Raum zusammensitzen muss.

Wir haben gerade Englisch und Mrs Dragon lässt Emil das Wort »snitch« erklären. Kaum spricht sie das Wort aus, drehen sich alle Köpfe automatisch zu mir. Und ich schreibe Verräter neben »snitch« und ärgere mich darüber, dass Anouk (die in den Unterrichtsstunden wieder kräftig ihren Arm gehoben hat und rechts bald wie ein Bodybuilder aussehen muss) wie das Opfer dasteht und Julia sich einfach so aus der Affäre gezogen hat.

Ich weiß, dass Julia auch die WhatsApp-Nachrichten gelesen hat, denn ich sehe, dass sie online war. Ihr ist also klar, was hier abgeht, und es ist ihr einfach EGAL.

Ein Fels landet bei dem Gedanken auf meinem Magen, und ich hoffe inständig, dass Julias Brüder ihr das Zimmer wegnehmen. Und dass der Skateboarder und der Krankenschwester-Koloss ihre gemeinsame Blockflöten-Leidenschaft entdecken und Julia damit in den Wahnsinn treiben, weil sie täglich zusammen üben. In ihrem Zimmer.

Das alles hoffe ich, als mein Handy während der Mathestunde vibriert und ich eine Nachricht erhalte. Eine, von der ich fast nicht glauben kann, dass sie echt ist. Immer und immer wieder huschen meine Augen über die Worte. Vielleicht ist es ein fieser Scherz, um es mir heimzuzahlen? Oder ist die WhatsApp wirklich echt?

»Hey, Flo. Habe deinen Beitrag gesichtet. War cool. Komm in der großen Pause in unser Büro. Ben.«

Ich linse noch immer auf das Display, muss dann mein Handy aber schnell wieder in den Rucksack stecken, um nicht vom Hoffmann erwischt zu werden. Mein Kopf spielt die verschiedenen Varianten durch, und ich bin mir nicht sicher, ob das, was da steht, auch wahr ist. Ist es vielleicht nur eine Falle? Gibt es einen Hinterhalt im Schülerzeitungsbüro, bei dem irgendwelche besonders aktiven Schüler mich festhalten und dann mit wasserfestem Edding bekritzeln, um mich zu bestrafen? Oder erwartet mich im Büro die Polterer mitsamt meinen Eltern und einer enttäuschten Michalek, die mir dann einen ganz persönlichen Vortrag über Mobbing hält?

Ich versuche, ruhig zu atmen, während meine Gedanken um die Wette laufen. Ben hat die Nachricht geschrieben. Ben hat MIR eine WhatsApp geschrieben! Er weiß plötzlich meinen Namen (gut, das ist kein Wunder) und er will mich treffen (wenn er es wirklich ist, aber ich gönne mir einen positiven Moment und glaub das jetzt einfach mal).

Ein großer Teil in mir, also alles, wünscht sich, dass es wahr ist, dass er meinen Beitrag einfach mega fand und dass ich ihm gleich in der großen Pause gegenübertrete und das ALLERERSTE MAL mit ihm sprechen werde.

Die Zeit bis zur großen Pause vergeht nicht. Ich weiß nicht, wer schon wieder auf Stillstand gedrückt hat, aber es kommt mir vor, als würde der Hoffmann heute gar nicht mehr aufhören zu reden und der Lauterbach gar nicht mehr aufhören zu heulen. Zum Glück haben wir Sport erst später, ich möchte Ben natürlich nicht verschwitzt gegenübertreten.

Ich bin total nervös, als ich vor der gläsernen Tür zum Büro der Schülerzeitung stehe, kontrolliere noch einmal, ob meine Haare sitzen, und drücke dann einfach die Klinke hinunter, weil ich das ja auch schon das letzte Mal so gemacht habe und ich klopfen irgendwie seltsam finde.

Als ich die Tür öffne, sehe ich Ben im hinteren Teil des Büros vor seinem aufgeklappten Laptop sitzen, und als er hochsieht, werden meine Knie wieder ganz weich. Ich versuche mich innerlich zu beruhigen, während meine Augen ihn anstarren und gar nicht fassen können, dass wir zwei uns tatsächlich in einem Raum befinden. *Nur wir zwei.*

»Cool, dass du es einrichten konntest«, sagt Ben, steht auf und kommt zu mir herüber. Mit jedem Schritt schlägt mein Herz schneller, und ich merke, dass Ben mit seinen blonden Surferhaaren und den blauen Augen nicht nur verdammt gut aussieht, sondern dass er auch noch verdammt gut riecht.

»Klar«, sage ich nur und versuche, genauso cool zu wirken wie er. Lässig lehnt er sich an die Kante des weißen Schreibtisches neben der Tür. Er trägt ein verwaschenes graues T-Shirt und eine leicht zerrissene dunkelgraue Jeans, dazu Chucks. Ich wende meinen Blick kurz ab, um nicht wie die verrückte Stalkerin zu wirken, und zähle sieben weiße Arbeitstische, die alle mit irgendwelchen Unterlagen bedeckt sind. An der Wand erstreckt sich ein weißes Regal über die gesamte Länge des Raumes, das so dermaßen mit Büchern und Zeitschriften vollgestopft ist, dass es aussieht, als würde es gleich zusammenkrachen.

»Wir sollten mal ausmisten«, meint Ben, der meinen Blick bemerkt hat.

»Kreatives Chaos«, erwidere ich nur und lächle kurz. Und als Ben zurücklächelt, glaube ich im falschen Film zu sein. Ist mir gerade eine passende Antwort eingefallen? Passiert das hier gerade wirklich? Oder ist das nur ein fieser Traum, der mich nachher wieder in die scheußliche Realität meines Lebens katapultiert?

»Die Einstellung gefällt mir«, sagt Ben und fährt sich durch seine blonden Haare. »Genau wie dein Beitrag.«

»Du hast ihn gesehen?«, frage ich, und es ist wahrscheinlich die dümmste Frage, die ich stellen kann. Denn natürlich hat er ihn gesehen, sonst könnte er ja nichts dazu sagen. Ich spüre, wie sich die Röte auf den Weg in mein Gesicht macht, und versuche so entspannt wie möglich zu bleiben.

»Selbstverständlich«, sagt er und grinst. »Natürlich wollte ich sofort wissen, was du eingereicht hast. Schließlich bist du der Star der Schule.«

Ich schlucke und stecke die Hände in die Hosentaschen. »Als Star würde ich das nicht bezeichnen.«

Ben sieht mich intensiv aus seinen blauen Augen an. »Als was denn dann?«

Mein Herzschlag überholt sich gerade selbst. »Schulfeind Nummer eins, habe ich zumindest gelesen. Und noch eine Menge anderer Bezeichnungen, bei denen meine Großeltern wahrscheinlich einen Herzinfarkt bekommen würden.«

Mist! Warum erwähne ich jetzt meine Großeltern? Bin ich wahnsinnig? Wie peinlich ist das denn? Wen erwähne ich als Nächstes? Ted, mein altes Stofftier?

Ben nickt und schiebt ein paar Zeitschriften zur Seite, um sich auf den Tisch zu setzen. »Stimmt. Einige davon waren kreativ. Andere davon aber echt too much.« Er verschränkt die Arme vor der Brust. »Du musst es so sehen: Du bist jetzt eine Berühmtheit an der Schule. Schauspieler freuen sich auch über negative Kritik, die ist immer noch besser als gar keine Kritik. Denn dann wären sie unsichtbar.«

Ich zucke mit den Schultern. »Unsichtbar würde ich auch nehmen.«

»Bullshit«, widerspricht Ben. »Bei SCHLOG müssen wir dich schließlich auch sehen, wenn du arbeitest, sonst setzt sich ständig jemand auf deinen Schoß. Und bei Lars möchtest du das auf keinen Fall. Der Typ hat es beim Kantinen-Testessen total übertrieben und sich fünf Kilo draufgefuttert.«

Es dauert einen Moment, bis die Worte durch die Windungen meines Gehirns dringen, bis ich verstehe, was er sagt, und verstehe, dass er es zu mir sagt und zu niemand anderem.

»Ich bin in der Schülerzeitung angenommen?«, frage

ich, und ich weiß, dass das total blöd klingt, aber ich muss auf Nummer sicher gehen.

Bens Mundwinkel zuckt. »Überrascht dich das etwa?«

Ich schüttle einfach nur den Kopf, weil ich nichts weiter sagen kann.

»Also, wir bringen deinen Beitrag in der nächsten Ausgabe«, sagt Ben geschäftsmäßig und springt auf. »Du kannst jederzeit hier rein und auf einem der Laptops arbeiten. Am Donnerstag in der großen Pause treffen wir uns immer, um die Ausgabe gemeinsam online zu stellen.« Er streicht über die Tischplatte und hebt die Augenbrauen. »Klingt irre, aber wir klicken dann tatsächlich gemeinsam auf die Maus.«

Ich bin überglücklich und zucke nur kurz bei dem letzten Satz zusammen. Ich denke an Julia, mit der ich zwar nicht gemeinsam auf die Maus geklickt, aber gemeinsam die Mail verfasst habe, und die jetzt so tut, als hätte ich es ganz alleine gemacht.

»Wir hatten viele Bewerbungen, aber uns hat deine am besten gefallen, denn wir suchen jemanden, der kreativ ist«, macht Ben weiter und geht durch das Büro. »Sara kümmert sich um die Film- und Buchkritiken«, sagt er und weist auf einen Tisch hinten links, auf dem sich Bücher und DVDs stapeln. »Lars macht alle möglichen Arten von Selbsttests und ist sich echt für nichts zu schade, Roman kümmert sich um Aktuelles, Mike ist unser YouTubeexperte«, fährt er fort und deutet dabei auf den jeweiligen Arbeitstisch. »Und Tina ist unsere Tratsch- und Klatschtante, aber das hast du sicher schon mitbekommen.«

Ich nicke. »Ist mir nicht entgangen.«

Ben sieht mich an, und irgendwie habe ich den Eindruck, als würde er mich nicht nur ansehen, sondern genau beobachten. Als würde er meine Reaktionen testen (aber vielleicht ist das auch nur die kleine nervöse Stimme in mir, die bei dem ganzen Desaster zum Leben erweckt wurde und ständig einen Hinterhalt vermutet).

»Und du?«, frage ich, um nicht zu eingeschüchtert und wie das kleine Mädchen zu wirken. »Was machst du genau?«

Ben lehnt sich wieder an einen Schreibtisch. »Das ist eine gute Frage.« Er hält kurz inne und sieht mich jetzt irgendwie anders an, seine blauen Augen strahlen mich an und sein Blick lässt einen Schauer über meinen Rücken jagen. Der Schauer ist keiner von der schlechten Sorte, im Gegenteil, er ist einer, der direkt in meinem Bauch landet und sich wünscht, Ben würde meine Hand nehmen und mich küssen. Sofort. Meine Augen wandern automatisch zu seinen tollen Lippen, und als ich ein kurzes Zucken an seinem Mund erkenne, reiße ich mich sofort wieder los. Mann, ist das peinlich! Hoffentlich hat er mein Starren nicht bemerkt! Und hoffentlich meine Gedanken nicht gehört! (Okay, ich weiß, dass man Gedanken nicht hören kann, aber wer weiß.)

»Ich trage die Verantwortung.«

»Also machst du nichts?«, kommt es schneller aus meinem Mund heraus, als ich überhaupt denken kann. Ich weiß auch nicht, was mit mir los ist, aber heute spielt irgendwie alles verrückt.

Ben lacht auf. »Frech. Gefällt mir.«

Meint er damit mich? Oder dass er nichts tut? Natürlich tut er nicht nichts, er gibt schließlich die Schülerzeitung heraus.

»Als Herausgeber kann ich mir aussuchen, worüber ich schreibe und was ich mache«, erklärt er und verschränkt die Arme vor der Brust. »Das ist der Vorteil. Und weil du dich jetzt sicher fragst, welches Ressort du übernehmen sollst ... Du bist für die Sonderprojekte zuständig.«

»Sonderprojekte?«

»Yep. Wir bekommen immer mal Wünsche von der Polterer.« Er zieht einen zusammengefalteten Zettel aus seiner Hosentasche. »Das ist die Liste«, sagt er und reicht sie mir. »Nur hat keiner von uns Bock, das zu machen. Daher haben wir beschlossen, eine zusätzliche Stelle zu schaffen. Ist das okay für dich?«

Ich falte das Blatt Papier auf, auf dem rund zwanzig stinklangweilige Themen aufgeschrieben sind (unter anderem Mobbing, super!), und stecke den Zettel dann ein.

»Klar«, entgegne ich. Denn ich würde alles machen, um hier mitarbeiten zu dürfen (das sage ich natürlich nicht, das klingt zu verzweifelt).

»Prima. Da steht auch die Mailadresse der Redaktion drauf, Deadline ist immer Mittwoch um sechs. Diese Woche ist natürlich schon fertig, aber ab nächster Woche bist du mit deinem Beitrag dabei.« Er macht eine kurze Pause. »Und dann hätten wir nur noch eins.«

»Ja?«

Er richtet sich auf. »Ich habe mich entschieden, für unsere nächste Ausgabe ein Interview zu führen. Mit *dir.*«

»Mit mir?«, frage ich und bin total platt von dieser Idee. »Warum mit mir?«

»Hey, du bist der Star der Schule ... oder eben Schulfeind Nummer eins. Bislang gibt es nur Gerüchte, aber keiner hat deine Seite der Story erzählt. Das ist deine Chance.«

Ich bin mir nicht sicher, ob das eine Chance ist, und denke an die Interviews, bei denen die Beteiligten danach schlechter dastehen als vorher.

Ben sieht mich eindringlich an. »Du machst doch mit, oder?«

Ich überlege kurz, würde gerne länger überlegen, aber sein Blick verrät mir, dass ich jetzt nicht Nein sagen darf.

»Okay«, antworte ich nur und hoffe, dass das Interview und mein Bekanntheitsgrad nicht der Grund für die Aufnahme bei SCHLOG sind.

»Cool«, sagt Ben und klatscht auf den Tisch.

Die Schulglocke läutet und kündigt das Ende der Pause an.

»Ich muss los«, sage ich und sehe ihn an. »Tschüss.«

»Ich hab zum Glück eine Freistunde«, meint Ben und setzt sich wieder auf seinen Schreibtischstuhl. »Man sieht sich.«

Gerade als ich bei der Tür bin, bereits die Klinke hinuntergedrückt habe und über die Schwelle trete, hält mich Ben noch auf.

»Ach, Flo?«

Ich drehe mich um. »Ja?«

Ben sitzt bereits wieder vor seinem hochgeklappten Laptop. »Falls du Bock hast, ich gebe am nächsten Samstag eine Party. Ich schick dir die Daten zu.«

»Okay«, sage ich total lässig und grinse erst so richtig breit, als ich die Tür wieder geschlossen habe.

KAPITEL 14

Ben will, dass ich zu seiner Party komme! Er kennt nicht nur meinen Namen, er hat mich eingeladen! Ich glaube, ich träume! Mit schnellen Schritten gehe ich zu meiner Klasse, aufrecht, den Blick nicht nach unten gerichtet. Gut, die anderen schauen mich schon wieder blöd an, aber das ist mir auf einmal egal, was wahrscheinlich an irgendwelchen Glückshormonen liegt, die durch meinen Körper fluten.

Die Glückshormone sind auch noch da, als die Michalek den Raum betritt, selbst, als sie uns zur Interpretation von Sprichwörtern zwingt und Anouk für ihre hervorragende Herleitung lobt. Aber als mich die Michalek dann nach der Stunde nach vorne ruft und mir sagt, ich solle mitkommen und Anouk auch, da schwinden die Glückshormone ganz schnell. Und sie lösen sich vollständig auf, als wir in ihr Vertrauenslehrerbüro marschieren, in dem Moritz schon auf uns wartet und bei meinem Erscheinen leise ächzt.

»Gut«, sagt die Michalek und setzt sich steif hinter den dunklen Schreibtisch, und ich fühle mich verdammt unwohl, weil jetzt wahrscheinlich Abertausende Stresshormone durch mich hindurchrasen. Ich muss in der Mitte zwischen Moritz und Anouk Platz nehmen, wir sitzen alle der Michalek gegenüber und ich fühle mich wie auf einer Anklagebank. Wie das Schaf, das zur Schlachtbank geführt wird.

Die Michalek faltet die Hände ineinander und presst die Lippen zu einer dünnen Linie. Erst jetzt fällt mir auf, dass sie sich heute geschminkt hat und ihre Haare anders frisiert sind, sie wirken nicht mehr wie ein großes Vogelnest sondern nur noch wie ein kleines.

»Ihr wisst wahrscheinlich, warum ich euch hierhergebeten habe«, beginnt sie, und mein ganzer Körper ist wie eingefroren. »Die Mail an Dr. Zomp, die in der Schule kursiert und viele Schüler beleidigt hat, trifft einige mehr als andere. Deswegen wollte ich mit euch sprechen. Denn es ist wichtig, Konflikte und Spannungen zu lösen. Nur so können wir zu einem guten Miteinander finden.«

Sie sieht uns der Reihe nach eindringlich an, und während Moritz ganz entspannt wirkt, ist Anouk genau das Gegenteil von entspannt.

»Stimmt es, dass du den Brief geschrieben hast?«, fragt mich die Michalek jetzt direkt, und mein Herz setzt für einen Moment aus. Außerdem schießt mir die Röte ins Gesicht und ich beginne überall zu schwitzen.

»Ja, aber ... Aber ich wollte das nicht. Es war ein Unfall«, stottere ich.

Moritz schnauft. »Na, klar.«

»Moritz, lass Florentine bitte ausreden«, tadelt ihn die Michalek, und Moritz streckt seine Beine aus, als wäre das hier das Langweiligste und Ätzendste, was er je erlebt hat.

»Es war echt keine Absicht«, murmle ich, weil mich die Michalek schon wieder so auffordernd ansieht.

Jetzt nickt sie. »Florentine, nicht nur Schläge, sondern auch Worte können verletzen. Deswegen muss man sich gut überlegen, was man sagt oder schreibt. Ich habe immer versucht, dir Mut zu machen, ein bisschen aus dir herauszugehen. Aber *so* habe ich das nicht gemeint.«

»Ich weiß«, erwidere ich leise, und obwohl sie natürlich recht hat, obwohl die Aktion natürlich total bescheuert und ein totaler Unfall war, kann ich es nicht leiden, hier vor Anouk und Moritz vorgeführt zu werden. Denn es fühlt sich nicht nur blöd an, ich habe auch den Eindruck, dass die beiden genießen, wie ich hier zur Rede gestellt werde.

»Florentine, wir alle müssen die Konsequenzen für unser Handeln tragen. Was wäre deiner Meinung nach eine angemessene Konsequenz, die du für dein Handeln tragen solltest?«, fragt mich die Michalek als Nächstes, und ich würde ihr am liebsten sagen, dass ich die Konsequenz doch schon trage, indem ich jeden Tag in dieser

Schule dafür büße, dass Julia und ich den Brief geschrieben haben. Aber von Julia sage ich natürlich kein Wort, denn die würde es nur abstreiten, und dann stünde ich noch dümmer und gemeiner da als ohnehin schon. Da halte ich lieber einfach die Klappe.

»Florentine?«, fragt die Michalek noch einmal, und ihr Blick, der von mir zu Anouk und von mir zu Moritz wandert, verrät mir, worauf sie hinauswill.

»Ich sollte mich entschuldigen«, sage ich schwach.

Die Michalek nickt freudig, als hätte ich soeben den Jackpot geknackt.

»Es tut mir leid«, sage ich schnell.

»Du sollst es nicht zu mir sagen, sondern zu deinen Mitschülern«, entgegnet sie und hebt die Augenbrauen.

»Entschuldigung, Anouk und Moritz«, sage ich noch schneller.

»Es wäre schön, wenn du die beiden dabei ansiehst.«

»Ja, das wäre schön«, bemerkt Moritz, und ich hasse ihn für die Genugtuung in seiner Stimme.

Ich drehe mich zu Anouk. Ihr perfektes Gesicht ist voller Abscheu.

»Entschuldigung«, sage ich noch einmal und würde am liebsten aufstehen und wegrennen. Aber das tue ich nicht, lieber bringe ich die Sache so schnell wie möglich hinter mich.

»So, Anouk, und jetzt ist es an dir, die Entschuldigung anzunehmen«, meint die Michalek.

Anouk presst die Lippen aufeinander. »Entschuldigung angenommen«, quetscht sie dann hervor und bekommt dabei diesen Augenaufschlag, der verrät, dass sie lügt.

Das bemerkt die Michalek aber selbstverständlich nicht. »Sehr gut. Und jetzt entschuldige dich bei Moritz«, verlangt sie als Nächstes.

Ich drehe mich zu Moritz um, der lässig auf seinem Stuhl lungert und mich abfällig betrachtet.

»Entschuldigung, Moritz«, presse ich zwischen den Zähnen hervor.

Moritz verschränkt die Arme vor der Brust. »Wie bitte? Ich habe dich nicht verstanden.«

Ich ziehe tief die Luft ein und wünschte, der Idiot würde gleich vom Stuhl kippen. »Entschuldigung, Moritz«, sage ich etwas lauter.

Die Michalek sieht Moritz auffordernd an. »Moritz, jetzt musst du die Entschuldigung auch annehmen«, verlangt sie dann von ihm.

Moritz reibt sich über die Wangen. »Es hat irgendwie nicht ehrlich geklungen.«

»Moritz«, mahnt die Michalek.

»Okay, angenommen«, mault Moritz, und dann dürfen wir endlich aufstehen und das doofe Büro verlassen.

»Explodiert dein Kopf gleich?«, fragt Moritz, als wir den Gang entlanggehen. Ich muss aussehen wie ein Granatapfel.

»Du bist so ein Idiot«, sage ich nur und hasse mich selbst dafür, dass ich immer rot anlaufe, hasse die Michalek dafür, dass sie mich bloßgestellt hat, und Anouk dafür, dass sie noch immer lügt, die blöde Kuh.

»Ja, das ist wieder die Flo, die ich kenne«, erwidert Moritz gelassen, und seine grünen Augen funkeln mich an.

»Lass sie, sie ist es nicht wert, mit ihr zu reden«, schnaubt Anouk, während wir um die nächste Ecke biegen, wo Moritz gegen unseren Hausmeister knallt. Der taumelt erschrocken zurück und lässt ein riesiges Glas, das größer als Mr Minions Aquarium ist, auf den Boden fallen. Dort zerbricht es nicht nur in tausend Scherben, sondern schüttet auch seinen gesamten Inhalt aus. Unzählige weiße Lottokugeln wollen in die Freiheit; sie rollen den Gang entlang und hüpfen links die Treppe hinunter.

»Shit«, entfährt es Moritz, als er den Kugeln nachschaut, die sich wie Ameisen im Treppenhaus verteilen.

»Das kannst du laut sagen«, murrt der Hausmeister und schnauft. »Jetzt muss ich ein neues Glas für die Schulfest-Lotterie besorgen. Und die verdammten Kugeln einfangen!«

»Ich helfe Ihnen«, meint Moritz schnell und bückt sich, um die ersten Kugeln aufzusammeln.

»Ich natürlich auch«, sagt Anouk streberhaft und läuft zur Treppe, um dort die Ausbüchser aufzuklauben.

»Ich muss erst mal Besen und Schaufel holen«, grummelt der Hausmeister, »nicht, dass sich hier noch jemand schneidet.« Er ist wieder jener mürrische Mann, den ich kenne, was vielleicht damit zu tun hat, dass auch er meinen Brief gelesen hat (und wahrscheinlich sollte ich mich auch bei ihm entschuldigen).

»Passt auf, dass sich hier niemand am Glas schneidet«, sagt er harsch, und dann sieht er mich an. »Und was ist mit dir? Willst du hier rumstehen und glotzen? Hilf den beiden gefälligst!«

Ich nicke, und es ist mir total unangenehm, weil er auch irgendwie recht hat und ich hier nicht einfach nur rumstehen sollte.

Moritz steht auf und schnappt sich von vorne einen kleinen silbernen Mülleimer, der neben einem Ficus steht, während der Hausmeister nach unten verschwindet.

»Der ist zum Glück leer«, sagt Moritz zu Anouk und wirft seine Lottokugeln hinein, die beim Fallen einen dumpfen Ton erzeugen. »Den können wir nehmen.«

»Gute Idee«, erwidert Anouk und lächelt Moritz an, der total nett zurücklächelt und dann doch ein wenig wie Percy Jackson aussieht. Und dann schauen die beiden zu mir und ihr Lächeln verschwindet. Und ich stehe da, die Arme voller Lottokugeln, und fühle mich wieder vollkommen fehl am Platz.

»Nur weil der Hausmeister jetzt weg ist, musst du

nicht doof wie eine Statue rumstehen«, bemerkt Moritz trocken und deutet auf den Mülleimer. Ich höre Anouk kichern.

»Schmeiß die Kugeln da rein. Sollte doch nicht so schwer für dich sein, denn mit Müll kennst du dich ja bekanntlich aus.« Er schaut mich durchdringend an. »Auch wenn du ihn sonst lieber aufschreibst.«

KAPITEL 15

»Nur weil der Hausmeister jetzt weg ist, musst du nicht doof wie eine Statue rumstehen«, ätzt Moritz' Stimme in meinem Kopf weiter, und ich würde ihm am liebsten einen buschigen Eichhörnchenschwanz in den Mund stopfen, um ihn zum Schweigen zu bringen. (Natürlich von einem toten Eichhörnchen, sonst wäre es arm dran. Obwohl es auch arm dran ist, wenn es tot ist. Egal. Er soll einfach die Klappe halten.)

Ich stapfe die Kastanienallee entlang und bin wütend. Ich bin stocksauer. Auf die Michalek, weil sie mich zu diesen Entschuldigungen gezwungen hat, auf Anouk, weil sie sich für was Besseres hält, und auf Moritz, der nie um einen blöden Spruch verlegen ist.

»Mit Müll kennst du dich ja bekanntlich aus, auch wenn du ihn sonst lieber aufschreibst.«

Idiot.

Und ich habe mir einfach nur den silbernen Mülleimer geschnappt und voller Wut die Lottokugeln hineingepfeffert, während Anouk und Moritz so seltsame Blicke getauscht haben. Als ob ich ein kleines Kind wäre, das gerade einen Trotzanfall hat, und als ob sie beide so unglaublich viel reifer wären.

Und als die dämlichen Lottokugeln (eine ist sogar bis vors Lehrerzimmer gekullert – hätte noch gefehlt, dass die Polterer darauf ausrutscht und sich den Hals bricht, denn das wäre dann sicher auch *meine* Schuld gewesen) endlich alle eingesammelt waren, bin ich, so schnell es ging, abgehauen. Und natürlich fallen mir jetzt im Nachhinein wieder die Antworten ein, die ich Moritz hätte geben können:

»Kann sein, dass ich Müll geschrieben habe, dafür kommt er nicht ständig aus mir heraus, so wie bei dir.« Oder: *»Die Mail ist längst Schnee von gestern. Dein Leben muss ganz schön eintönig sein, wenn du es nicht schaffst, darüber hinwegzukommen.«* Oder: *»Kennst du den Spruch: Reden ist Silber, Schweigen ist Gold? Der wurde für Leute wie dich erfunden.«* Oder: *»Was hast du gesagt? Ich habe eine angeborene Hörschwäche und bin auf beiden Ohren taub für Schwachsinn.«*

Zu Hause werfe ich mich aufs Bett und atme mehrmals tief durch. Das Lottokugel-Aufsammeln mit Moritz und Anouk war einfach nur ätzend, und die erzwungenen Entschuldigungen waren noch schlimmer, aber ich versuche, nicht mehr daran zu denken. Stattdessen hole ich die Liste mit den stinklangweiligen Schulblog-Themen heraus und streiche liebevoll über das Papier. Neben

Umweltschutz und Mobbing stehen da auch so Sachen drauf wie »Interview mit ehemaligen Schulabgängern« oder »Welcher Lerntyp bist du?« – aber egal: Ich bin ein Mitglied des Schülerzeitungsblogs u n d ich wurde zur Party des Jahrhunderts eingeladen.

Von Ben persönlich.

Zur angesagtesten Party unserer gesamten Schule!

»Ich werde auf Bens Party gehen«, flüstere ich Mr Minion zu, der mich aus großen Glupschaugen anglotzt.

»Ich weiß«, wispere ich. »Ich finde es auch toll.«

Und dann lächle ich.

Es ist Samstag, die Party steigt in einer Stunde, und ich lächle nicht mehr, denn ich weiß nicht, was ich anziehen soll. Normalerweise würde ich Anouk fragen, die einen todsicheren Modegeschmack hat, aber ich würde mir todsicher eher die Zunge abbeißen, als wegen so etwas angekrochen zu kommen.

Meine zweite Wahl wäre Julia, aber die Verräterin kommt natürlich genauso wenig infrage.

Mama ist auch keine gute Idee, denn die hat seit Monaten eine ausgeprägte Desigual-Phase[5], und ich

---

5 Desigual ist eine sehr farbenfrohe Modemarke mit vielen Blumen und vielen Mustern, und alles ist unglaublich bunt. Man stelle sich einen prächtigen Pfau mit aufgefächertem Rad vor und dann meine Mutter daneben in einem Desigual-Kleid. Der Pfau würde vor lauter Minderwertigkeitskomplexen auf der Stelle eine saftige Depression kriegen.

habe keine Lust, wie ein Papagei auf Bens Party aufzukreuzen. Seufzend betrachte ich den Inhalt meines Kleiderschranks, der ziemlich sportlich ausfällt, und greife dann doch wieder zu meiner Lieblingsjeans und meinem Lieblings-T-Shirt (Jeans: schwarz, T-Shirt: grau. Jede Papageien-Gefahr ist somit definitiv gebannt.) Nachdem ich in die Sachen geschlüpft bin und vor dem Spiegel meine dunkelblonden Haare bürste, spüre ich einen Stich in meiner Brust, weil ich zu Bens Party gehe und es außer Mr Minion niemanden gibt, dem ich nachher davon erzählen kann.

Als ich in unsere Einfahrt trete und mir in Gedanken schon die Kombination für mein Fahrradschloss aufsage, hält gerade ein glänzender Jeep mit wuchtigen Reifen vor unserem Haus. Im nächsten Moment sehe ich Moritz vom Beifahrersitz auf den Gehweg springen und die Tür hinter sich zuknallen.

»Hallo, Flo«, ruft mir der Fahrer des Wagens durch das geöffnete Seitenfenster zu, und ich versuche, Moritz' Blick auszuweichen, der für meinen Geschmack einen Moment zu lange an meinem Gesicht hängen bleibt. (Okay, ich habe mich heute geschminkt. Aber ich habe echt nur ganz wenig Wimperntusche aufgetragen, damit nachher keiner »Tussi-Alarm« schreit, wenn er mich sieht.)

»Hallo, Herr Winter«, erwidere ich automatisch und

hebe grüßend die Hand. Moritz' Eltern sind seit sieben Jahren geschieden, und mit seinem Vater habe ich seit einer halben Ewigkeit nicht mehr gesprochen, aber er war immer freundlich zu mir. Auch jetzt strahlt er mich mit seinen perfekten Zähnen an (Moritz' Vater ist Zahnarzt, genau wie Moritz' Mutter und seine neue Stiefmutter, weshalb es kein Wunder ist, dass Moritz so weiße Zähne hat) und ich lächle mit geschlossenem Mund zurück. Ist eine Angewohnheit aus meiner Kindheit, ich hatte immer Schiss, dass er mir einen Vortrag über Süßigkeiten vor dem Schlafengehen hält, wenn ich den Mund zu weit aufmache, und irgendwie ist das geblieben.

»Gehst du heute auch zu dieser Party?«, fragt mich der Zahnarzt-Vater noch immer lächelnd, und mein Blick huscht blitzschnell zu Moritz, der leicht genervt aussieht.

»Hast du nicht gesagt, du hast es eilig, Papa?«, fragt er und schultert seinen Rucksack.

Sein Vater lacht. »Okay, ich hab schon verstanden. Viel Spaß auf der Party, ihr zwei.« Und mit diesen Worten startet er seinen sauteuren, glänzenden Wagen und fährt davon. Ich bücke mich zu meinem Fahrradschloss hinunter, aber aus irgendeinem Grund fällt mir die blöde Zahlenkombination nicht sofort ein, und die seltsame Stille zwischen Moritz und mir macht es auch nicht besser.

»Was?«, fauche ich ihn an, weil ich spüre, wie mir schon wieder das Blut in den Kopf steigt.

»5-5-8-3-7«, sagt Moritz, und ich erstarre.

»Woher ...«

»Ich die Kombination für dein Fahrradschloss weiß? Ich bitte dich, Flo.« Er schüttelt den Kopf. »Den Zahlencode hattest du schon mit sechs.« Und mit diesen Worten lässt er mich stehen.

Ich sehe ihm nach und fühle mich unglaublich doof. Denn natürlich weiß ich wieder, warum er die Kombination für mein Schloss kennt (es war die Anzahl der Uno-Spiele die ich in Folge gegen ihn gewonnen habe), und plötzlich habe ich das Gefühl, dass Moritz mich viel zu gut kennt.

Bens Haus ist nur ein paar Straßenblocks entfernt, und ich höre von drinnen schon die wummernde Musik, als ich von meinem Rad absteige. Ich bin extra noch eine große Runde gefahren, um ein bisschen runterzukommen und nicht zu früh aufzukreuzen. Auch wenn ich aktuell mit keiner meiner Freundinnen rede, ist das doch eine Faustregel, die ich behalten habe.

»Egal, was du tust, Flo: Komm nie zu früh zu einer Party«, hat mir Julia einmal eingetrichtert, und Anouk ist danebengesessen und hat eindringlich genickt. Ich schiele auf mein Handy. Es ist fast sieben und damit knapp eine Stunde nach offiziellem »Einlass«, das müsste reichen. Nervös streiche ich mir die Haare aus dem Gesicht, atme tief durch und schließe mein Fahrrad ab. Dann drücke ich die Tür auf.

Drinnen ist es heiß und laut. Dafür, dass es noch relativ früh ist, sind unglaublich viele Leute da, und aus dem Wohnzimmer dröhnt irgendein Lied von David Guetta. Ich drücke mich durch das Gedränge und sehe die abschätzigen Blicke, die mir zugeworfen werden. Ein bisschen ist es wie in der Schule, und plötzlich ist mein Hals ganz eng, und ich habe das Gefühl, dass es ein Fehler war, hier aufzutauchen.

Wer bitte schön geht allein auf eine Party? Schlimm genug, wenn man allein auf einer Party ist, bei der einen niemand kennt. Noch schlimmer allerdings ist es, auf einer Party zu sein, bei der einen anscheinend jeder kennt, obwohl man selbst keine Ahnung hat, wer die Leute eigentlich sind.

»Hey, ist das nicht die mit der Zomp-Mail?«, höre ich jemanden hinter mir ziemlich laut flüstern und fahre herum. Zwei Mädchen starren mich an, beide sind mindestens schon fünfzehn und stark geschminkt.

»Freunde dich bloß nicht mit der an, die ist megafies zu ihren Freunden«, meint die eine zu der anderen, und dann sehen sie mich beide total abfällig an. Ich spüre, wie ich knallrot anlaufe, und dränge mich rasch weiter, einfach nur weg von ihnen. Von überallher scheint jetzt wieder dieses Tuscheln zu kommen, und ich weiß gar nicht, ob es mir gilt, aber es fühlt sich so an. Ich kämpfe mich ins Wohnzimmer vor, weil da die Musik am lautesten ist und auch die meisten Leute sind. Noch mehr

Menschen sind zwar im ersten Moment nicht das, was ich mir wünsche, aber je mehr Gedränge, desto besser kann ich in der Menge untertauchen. Auf einem Tisch an der Wand stehen jede Menge Getränkedosen, und ich nehme mir rasch eine Cola, wobei ich sofort an die Umweltbelastung denken muss. (Oh Mann, nach meinem Videobeitrag bin ich auf dem besten Weg, zu einer fanatischen Umweltschützerin zu werden, die nur noch recyceltes Klopapier verwendet.)

Dann werfe ich einen scheuen Blick durch den Raum. Alle scheinen sich irgendwie zu amüsieren, jeder scheint Bens Party cool zu finden, jeder außer mir. Ich stehe hier, klammere mich an meiner Coladose fest und versuche, den Blicken der anderen auszuweichen. Ich bin so erfolgreich damit, dass ich Ben erst bemerke, als er mir von der Seite auf die Schulter tippt.

»Hey«, sagt er mit einem schiefen Grinsen, und seine Stimme klingt so nah an meinem Ohr, dass ich mich beinahe an meiner Cola verschlucke. Zum Glück nur beinahe.

Ich sehe ihn an und hoffe, dass man keinen meiner Gedanken in meinem Gesicht ablesen kann, bevor ich ihm nach einer winzigen Pause zunicke und ebenfalls »Hey« sage.

Julia wäre stolz auf mich. »Du m u s s t Pausen zulassen, Flo!«, hat sie mir immer und immer wieder gesagt, nachdem ich bei einem Gespräch mit Freddy Markovic in der sechsten Klasse ungefähr dreihundert Mal hintereinander das Wort »Okay« gesagt habe. Schnell. Und mit hochrotem Kopf.

»Schön, dass du gekommen bist«, meint Ben, und ich nicke nur, weil mir sonst nichts einfällt. Hoffentlich fragt er mich nicht, wie es mir gefällt, sonst müsste ich so tun, als ob ich mich amüsiere. Obwohl – jetzt wo Ben mit mir spricht, ist es gar nicht mehr so schrecklich hier. Also noch immer seltsam, aber nicht mehr schrecklich.

»Muss ich dir eigentlich zum Geburtstag gratulieren?«, frage ich, einfach um irgendetwas zu sagen, und er lacht.

»Ne, ich hab im Januar Geburtstag, aber bei dem Kackwetter hat keiner Bock auf Party. Deshalb feiere ich jetzt immer kurz vor Schulschluss und als Gegenbewegung zu dem obligatorischen Schulfest.«

Ich nicke mehrfach und beiße mir auf die Lippen, um nicht »Okay« zu sagen, während ich es gleichzeitig cool finde, dass Ben Worte wie »obligatorisch« total ungezwungen und lässig in seine Sätze einfließen lässt.

»Man hat echt das Gefühl, die ganze Schule ist hier«, sage ich, und Ben beugt sich zu mir runter, weil es so laut ist, dass er sonst nichts versteht.

»Ja, seit ich den Blog habe, ist mein Ansehen in der Schule gestiegen«, ruft er dann in mein Ohr und grinst. »Früher war ich ein kleines Licht, aber inzwischen finden die Leute das, was ich tue, richtig gut. Selbst wenn es ... etwas abgefahren ist.«

»Was meinst du damit?«, frage ich, und dann nimmt Ben plötzlich meine Hand und zieht mich quer durch den ganzen Raum zu einem Durchgang und von dort weiter zu einer rot gestrichenen Tür, und dann öffnet er sie, und ich stehe in Bens Zimmer.

Ich meine, ich stehe echt in Bens Zimmer!

Da ist Bens Bett, da ist Bens Schrank, da ist Bens Schreibtisch, Bens Socken auf dem Boden … okay, genug.

»Ich hab einen Beitrag für das Schulfest vorbereitet«, sagt er und schließt die Tür hinter uns. (Wahrscheinlich nur, weil die Musik immer noch so laut hereindröhnt, dass man sich nicht richtig unterhalten kann. Nicht weil er wirklich mit mir allein sein will.)

»Okay«, sage ich nun doch und nehme rasch einen Schluck Cola, um meine Nervosität hinunterzuspülen, was überhaupt nicht klappt.

»Willst du ihn dir mal ansehen?«

»Okay«, sage ich schon zum zweiten Mal (verdammt!) und streiche mir eine Haarsträhne hinters Ohr. »Willst du meine ehrliche Meinung hören, oder soll ich einfach nur sagen, dass ich ihn toll finde?«

Er lacht. »Deine ehrliche Meinung, bitte. Leute, die mir sagen, dass sie mich toll finden, gibt es genug.« Er geht zu seinem Schreibtisch, klappt den silbernen Laptop auf und tippt etwas in die Suchfunktion ein.

Ich stehe ein paar Schritte hinter ihm und fühle, wie

mein Magen Purzelbäume schlägt. Ich träume seit ungefähr drei Jahren davon, dass Ben mitkriegt, dass ich existiere, und jetzt sind wir zusammen in seinem Zimmer, und er will meine ehrliche Meinung zu einem Video hören. Ich meine, wie cool ist das denn?

»Kennst du den Clip schon?«, fragt Ben und sieht mich über die Schulter an. Ich stelle mich neben ihn und zwinge mich, ganz ruhig weiterzuatmen, obwohl er so unglaublich gut riecht und die ganze Situation irgendwie abgefahren ist und dann ja auch wieder ganz normal. Schließlich bin ich jetzt ein Mitglied von SCHLOG, da ist es wahrscheinlich nichts Besonderes, wenn Ben mich nach meiner Meinung zu einem neuen Beitrag fragt.

Er klickt auf Play, und ich sehe eine Szene von seinem YouTube-Kanal, wo er eine Zwei-Euro-Münze irgendwo in einer Fußgängerzone auf den Boden klebt und mit versteckter Kamera die Leute filmt, die versuchen, die Münze aufzuheben.

Ich muss schmunzeln, als ich die verwirrten Gesichter sehe, und Ben prustet neben mir.

»Das ging über eine halbe Stunde so«, erzählt er mir lachend, und dann beugt er sich über den Laptop, um das andere Video aufzurufen, und dabei berühren sich kurz unsere Schultern. Es dauert echt nicht lang, aber ich habe ein Gefühl, als hätte ich einen elektrischen Schlag bekommen, und starre ihn von der Seite an. Seine dunkelblonden Surferwellen fallen ihm lässig in die Stirn, und mir wird bewusst, dass ich noch nie so nah neben ihm gestanden bin.

Und in diesem Augenblick wird die Tür zu seinem Zimmer aufgerissen und zwei seiner Freunde platzen lachend herein.

»Hey, Alter, wo bleibst du denn«, brüllt der eine über das Dröhnen der Musik hinweg. »Ein paar Mädels haben die Herrschaft über die Dockingstation an sich gerissen und wollen jetzt Schmusesongs spielen, um zu tanzen. Du musst irgendwas tun.«

Erschrocken zucke ich zusammen und bringe so schnell wie möglich einen Meter Abstand zwischen Ben und mich. Er bleibt jedoch ganz entspannt und dreht sich langsam zu seinen Kumpels um.

»Jetzt macht euch mal nicht ins Hemd. Sollen sie doch, wenn es ihnen Spaß macht.«

»Hab dir doch gesagt, dass ihm das schnurzegal ist«, seufzt der eine Typ, während der andere die Augen verdreht. Im selben Moment wird David Guetta abgewürgt und stattdessen ertönen die ersten Takte von Ed Sheerans »Photograph«.

Ein weibliches Johlen folgt auf den Musikwechsel, und Ben grinst, als er das hört.

»Offensichtlich macht es ihnen Spaß. Außerdem ist tanzen doch cool.« Er wirft mir einen kurzen Blick zu. »Oder?«

Ich nicke zögerlich, während der eine Freund von Ben schon wieder die Augen verdreht.

»Magst du den Song?«, fragt Ben.

Ich zucke mit den Schultern. »Ich weiß nicht«, sage ich, und es ist wahrscheinlich die dümmste Antwort, die man geben kann.

»Na, dann finden wir es heraus«, sagt Ben und streckt mir die Hand hin. Verwirrt starre ich darauf und er lacht. »Komm schon, es tut auch nicht weh.«

Und weil ich nicht wie der größte Vollhonk ever dastehen will, greife ich schnell nach seiner Hand und folge ihm hinaus auf den Flur, wo ich Moritz stehen sehe, der total komisch von Ben zu mir guckt.

Ich will nicht über Moritz nachdenken und gehe schnell weiter, während der Song lauter wird. Als wir das Wohnzimmer erreichen, verstärkt Ben den Druck seiner Finger und legt meine Hand auf seine Schulter. Ich kapiere im ersten Moment nicht, was das soll, aber dann spüre ich seine Hände auf meinen Hüften, und dann ist selbst mein lahmes Schneckenhirn endlich so weit zu kapieren, was hier gerade abgeht.

Ben will mit mir tanzen.

Mit mir!

Ich versuche, kein Gesicht wie Mr Minion zu machen, während sich meine Beine automatisch im Takt der Melodie bewegen und sich in dem Gedränge um uns herum noch mehr Pärchen finden. Ich bin so was von nervös und bemühe mich, nicht zu zittern, während ich Bens umwerfenden Duft einatme. Er beugt sich zu mir herunter.

»Das geht doch«, flüstert er mir zu, und ich muss den Impuls unterdrücken, nicht total blöd zu grinsen. Ich weiß auch nicht so recht, was ich tun soll, ob ich mich nun mit Ben unterhalten oder einfach nur die Klappe halten soll. Es fühlt sich richtig und falsch zugleich an, und ich habe das Gefühl, mein Herz springt jeden Moment aus meiner Brust, während Ed Sheeran davon singt, dass Liebe wehtun kann, und ich ihm kein einziges Wort davon glaube.

KAPITEL 16

Als ich am nächsten Morgen aufwache, fühle ich mich frisch und erholt, ich fühle den Sommer in meinem Bauch, spüre das Flattern der Schmetterlinge und die wärmenden Sonnenstrahlen, die mich sanft kitzeln.

Ben hat gestern mit mir getanzt! Wir waren uns ganz nah, und ich habe das Gefühl, dass er mich wirklich mag (gut, vielleicht weiß er das noch nicht zu hundert Prozent, aber ich bin mir sicher, dass er das Knistern auch bemerkt haben muss).

»Das Leben ist doch nicht so schlimm«, sage ich zu Mr Minion, der in seinem Aquarium herumblubbert. »Es gibt auch gute Tage.« Erholt strecke ich Arme und Beine aus. Der Himmel ist heute wolkenlos, und es ist Sonntag, was bedeutet, dass ich nicht zur Schule muss. Inzwischen gehören die fiesen Blicke und Kommentare zwar schon zu meinem Alltag wie das Zähneputzen, aber es macht natürlich keinen Spaß (sowohl Zähneputzen als auch Schulfeind Nummer eins zu sein).

Doch seltsamerweise gewöhnt man sich irgendwie an die Qual, und ich bin echt überrascht, wie leidensfähig der Mensch ist (wahrscheinlich handelt es sich dabei um irgendeinen Überlebensinstinkt, für den ich heute echt dankbar bin). Ich habe zwar keine Freunde mehr und die ganze Schule hasst mich, aber immerhin nimmt Ben Notiz von mir.

Ich schlafe also gemütlich aus, unterhalte mich ein wenig mit Mr Minion und gehe dann irgendwann nach unten zum Frühstück.

»Gut geschlafen, mein Schatz?«, fragt meine Mutter, und ich nicke und lächle.

»Ah, da ist das Lächeln ja wieder, das wir so lieben«, ruft mein Vater, und ich setze mich zu ihnen an den Frühstückstisch.

»Heute keine Krawatte?«, frage ich, und mein Vater, der sogar am Sonntag mit weißem Hemd bei Rührei und Speck sitzt, zieht eine Augenbraue hoch.

»Du bist gut gelaunt, das ist schön. Darf man erfahren, woran das liegt?«, fragt er.

»Vielleicht an der Party gestern«, sagt meine Mutter.

»Aha«, macht mein Vater.

»Da waren auch Jungs«, fügt meine Mutter hinzu.

»Aha«, macht mein Vater noch einmal. »Gibt es etwas, das wir wissen sollten?«

»Nein«, sage ich und schnappe mir einen Toast.

»Die Antwort kam definitiv zu schnell. Mandanten,

die so schnell auf eine geschlossene Frage reagieren, haben meistens etwas zu verbergen.«

»Bin ich hier etwa im Kreuzverhör?«, entgegne ich und streiche Nutella auf meinen Toast. Meine Mutter schenkt mir währenddessen ein Glas Orangensaft ein.

»Nein, natürlich nicht, mein Schatz«, erklärt mein Vater. »Außer, du möchtest zu gestern irgendetwas gestehen.« Er sagt es mit diesem verführerischen Unterton in der Stimme, den er auch bei seinen Mandanten benutzt, um die Leute dazu zu bringen, ihm alles zu sagen. *»Sie können mir vertrauen«*, wispert er dann seinen Klienten zu.

Mein Vater nippt an seinem Gemüsesmoothie (er hasst diese Smoothies, aber meine Mutter hat ihm ein Ultimatum gestellt: Entweder er trinkt regelmäßig welche und bleibt fit oder er erhöht den Auszahlungsbetrag seiner Lebensversicherung.)

Anhand der Farbe des Getränks erkenne ich, dass der heutige Smoothie (irgendeine Ruccola-Feldsalat-Kräuter-Mischung) besonders scheußlich sein muss. Denn je ekelhafter das Zeug schmeckt, desto länger lässt sich mein Vater dafür Zeit. Und der heutige Smoothie ist nicht mehr grün und frisch, sondern hat bereits eine leicht bräunliche Farbe angenommen. Sieht ziemlich ekelhaft aus.

Mein Vater stellt das Glas ab, es ist immer noch nicht viel leerer. »Flo, du kannst uns vertrauen«, sagt er dann sanft. Ha! Wusste ich es doch!

»Es ist nichts passiert, es war einfach eine nette Party«, antworte ich ruhig und biete ihm keine Unstimmigkeit, auf die er sich stürzen kann. Schon mit vier Jahren habe ich gelernt, in solchen Momenten nicht zu viel zu sagen und mich ja nicht in Widersprüche zu verwickeln. (Damals ging es darum, wer die Kekse aus der Dose geklaut hat. Gut, die Krümel in meinem Bett haben auch nicht wirklich geholfen.)

Mein Vater sieht mich noch immer so an, mit diesem Anwaltsblick, und auch meine Mutter wartet auf mehr Infos. Vielleicht liegt es daran, dass im Alter das Leben einfach langweiliger wird und sie sich nun aufregende News von mir erhoffen, vielleicht wollen sie auch nur irgendeine Story von mir hören, um dann selbst in ihrer Vergangenheit zu schwelgen und sich wieder jung zu fühlen. Auf alle Fälle wollen sie etwas von mir.

»Und was habt ihr gestern so gemacht?«, frage ich stattdessen zurück.

»Wir waren schön essen und haben uns danach noch einen Film angesehen«, sagt meine Mutter und beäugt mit Misstrauen den Gemüsesmoothie meines Vaters, der keine Anstalten macht, weniger zu werden.

»Was für einen Film?«, frage ich.

»Frag deinen Vater«, antwortet meine Mutter.

Ich runzle die Stirn. »Also, was für einen Film, Papa?«

Mein Vater zuckt mit den Schultern. »Ich weiß es nicht.«

Ich beiße von meinem Nutella-Toast ab. »Du siehst dir einen Film an und weißt am nächsten Tag nicht mehr, welchen? Oje. Alzheimer?«

Mein Vater verdreht die Augen und schüttelt den Kopf.

»Er ist *eingeschlafen*«, erklärt meine Mutter. »Und ich musste mir den schrecklichen Film *alleine* ansehen. Eine romantische Komödie, aber das war weder romantisch noch komisch ...« Sie schnaubt, und spätestens jetzt weiß ich, dass es ein Fehler war, nach dem Film zu fragen. Deshalb verputze ich mein Frühstück, so schnell es geht, um nicht noch mehr über die *unglaubwürdige Handlung* und den *wirklich absurden Schluss* zu erfahren.

Wenig später liege ich draußen in unserem Garten auf der Sonnenliege. Ich liebe unseren blühenden Garten, vor allem die Mirabellenbäume, an denen bald süße Früchte hängen werden, und ich genieße die Sonne, die mir ins Gesicht scheint. Aus meinen Ohrstöpseln dringt Cro, und ich lese Friedrich Dürrenmatts »Der Richter und sein Henker«, weil uns die Michalek dazu verdonnert hat, das Buch noch vor den Ferien zu lesen. Neben mir, auf einem kleinen Tischchen, steht eine eisgekühlte Limonade, die Mama immer selber macht und die wirklich superlecker ist (im Gegensatz zu den kackbraunen Smoothies), als ein Fußball über die Hecke geflogen kommt.

Großartig. Dabei war doch gerade noch alles so schön.

Im nächsten Moment sehe ich Moritz, der sich durch unsere Hecke quetscht und auf unseren Rasen tritt. Er trägt Jeans und ein grünes T-Shirt. Ich nehme die Kopfhörer von meinen Ohren.

»Betreten verboten«, sage ich so laut, dass Moritz es hören muss.

Er ist gerade dabei, den Fußball aufzuheben, und fährt sich lässig durch die braunen Haare. »Ach ja? Und wie hat dein Vater dann den Rasen gemäht?«

Wie aufs Stichwort tritt mein Vater nun aus dem Wohnzimmer auf die Terrasse. »Ah, Moritz, schön, dich wieder mal zu sehen.«

»Hallo, Herr Brandt«, sagt Moritz und wirkt plötzlich total wohlerzogen und höflich.

»Wunderschönes Wetter, nicht?«, fährt mein Vater fort und geht zu dem Tischchen, das neben meiner Liege steht. »Willst du auch eine Limonade? Die ist von Jana und der absolute Geheimtipp.«

Ich setze meine Sonnenbrille ab und funkle meinen Vater an, der die Terrasse ganz klar mit dem Vorsatz betreten hat, sich meine Limonade zu schnappen. Und jetzt bietet er sie auch noch Moritz an.

»Solltest du nicht so ein grünes Zeug trinken?«, frage ich.

Mein Vater zuckt mit den Schultern. »Ich weiß nicht, wovon du redest.«

»Stimmt, mein Fehler«, korrigiere ich mich. »Solltest du nicht so ein braunes Zeug trinken?«

Mein Vater sieht mich verschwörerisch an. »Deine Mutter muss es nicht erfahren«, sagt er wieder so sanft und gießt dann meine superleckere Limonade in ein Glas, um es Moritz zu geben. Keine Ahnung, warum der überhaupt noch da ist.

Moritz kommt zu uns auf die Terrasse. »Danke, Herr Brandt«, sagt er und sieht mich dabei triumphierend an, während ich die Arme vor der Brust verschränke, weil das eigentlich MEINE Limonade ist.

»Setz dich ruhig«, fährt mein Vater fort und ignoriert vollkommen, dass ich Moritz nicht leiden kann. Denn das weiß er, findet aber, dass man zu seinen Nachbarn eine gute Beziehung pflegen sollte.

Moritz nickt und genießt es anscheinend, hier zu sein, einfach nur um mich zu quälen. Er zieht sich einen Stuhl der grauen Rattan-Sitzgarnitur heran und lässt sich hineinfallen.

»So, und jetzt hole ich mir noch ein Glas. Für die leckere Limonade«, sagt mein Vater, und seine Augen leuchten. Und weil es ihm gefällt, mich in eine unangenehme Situation zu bringen, und der Apfel ja bekanntlich nicht weit vom Stamm fällt, rufe ich jetzt nach meiner Mutter. »Mama, Papa hat noch Durst!«

»Kein Problem!«, dringt die Stimme meiner Mutter aus der Küche. »Ich kann gerne noch einen Smoothie mixen.«

»Danke, Flo«, murrt mein Vater und geht mit hängenden Schultern ins Haus.

»Respekt, Flo. Du machst anscheinend nicht mal vor deiner eigenen Familie halt«, meint Moritz und streckt seine Beine aus.

Ich richte mich auf. »Was soll das denn bitte schön heißen?«

»Mit deinen Gemeinheiten«, sagt er und trinkt genüsslich seine Limonade. »Die ist echt lecker.«

»Das ist meine Limonade«, sage ich und atme tief aus. »Hör zu, ich hab mich bei dir entschuldigt. Reicht das nicht?«

»Du hast geschrieben, dass ich in meinen Schlafsack gepinkelt habe.«

»Hast du doch auch.«

»Es war ein Geheimnis. Keine Ahnung, warum meine Mutter es deiner Mutter erzählt hat, aber du hättest es auf alle Fälle für dich behalten müssen.« Er schnaubt. »Tolle Freundin.« Seine Stimme klingt vorwurfsvoll und trifft natürlich einen Nerv, aber er ist auch nicht ganz unschuldig.

»Und du warst ein so viel besserer Freund?«, fahre ich ihn an. »Hast du damals nicht den Schatz von meiner Geburtstagsparty ausgegraben und ihn dann verschwinden lassen?«

Moritz zuckt mit den Schultern. »Das war doch nur eine Kiste mit Süßigkeiten.«

Ich glaube, ich höre nicht richtig. »Das war nicht nur eine Kiste mit Süßigkeiten! Ich habe mir die Schatzsuche damals so irre gewünscht, und all meine Freundinnen waren so gespannt auf den Schatz, nachdem wir über eine Stunde danach gesucht haben und den komplizierten Hinweisen meines Vaters gefolgt sind – und dann war er einfach weg!«

Moritz grinst. »Das war schon ziemlich raffiniert von mir.«

»Raffiniert?«, wiederhole ich und stelle mein Glas mit einem Klirren ab. »Gemein trifft es wohl eher.«

Moritz schüttelt den Kopf. »Bezüglich gemein kann ich dir doch gar nicht das Wasser reichen. Wer hat denn mein Fahrrad mit pinker Farbe übergossen, sodass ich es nur noch einem Mädchen schenken konnte?«

Ich zucke mit den Schultern. »Das war nur eine geringe Strafe für den Schatz.«

»Hättest du mich zu deiner Party eingeladen, wäre das nicht passiert.« Moritz steht auf und schenkt sich ganz gelassen noch ein Glas ein, und am liebsten würde ich ihm verbieten, die Limonade zu trinken, und wenn es nicht so kindisch wäre, dann hätte ich es auch gemacht.

Stattdessen reibe ich mir über die Wangen. »Hättest du nicht unser Versteck im Park zerstört, hätte ich dich auch zur Party eingeladen«, sage ich so lässig wie möglich und denke dabei an unsere Höhle, die wir in tagelanger Arbeit aus Unmengen an Ästen und Zweigen im Gebüsch gebaut hatten und die unser Geheimversteck geworden war.

»Dann hättest du vielleicht überlegen sollen, was du zu mir sagst.« Er setzt sich wieder hin und legt die Beine auf einen anderen Stuhl.

»Ich überlege immer, bevor ich spreche«, behaupte ich und trinke mein Glas schnell leer, um mir dann den Rest der Limonade aus dem Krug einzugießen.

»Aha. Zumindest überlegst du nicht, bevor du schreibst. Hast du es deswegen zu SCHLOG geschafft?«

»Nein«, sage ich empört. Ben hat mich nicht bloß wegen der ganzen Mail-Affäre angestellt, das hoffe ich zumindest. »Ich habe mich ganz normal beworben.«

»Normal beworben? So sah das aber gestern bei dir und Ben nicht aus.«

Ich kneife die Augen zusammen. »Bist du etwa eifersüchtig?«

»Ganz bestimmt nicht«, entgegnet er und zuckt mit den Schultern. »Es ist deine Sache, mit wem du abhängst, auch wenn es Ben ist. Aber mal sehen, wie lange es dauert, bis du *seine* Geheimnisse ausplauderst und ihm deine Bosheiten an den Kopf wirfst.«

»Was bitte schön habe ich denn damals Schreckliches zu dir gesagt?«, frage ich, weil es mich langsam wirklich interessiert und anscheinend total tief bei ihm sitzt.

»Ist egal, ist ja schon ewig her«, erwidert Moritz und

stellt sein Glas hin. Dann steht er auf und macht Anstalten zu gehen.

»Stopp«, sage ich, weil ich nach den letzten Wochen echt keinen Bock mehr auf irgendwelche unausgesprochenen Wahrheiten habe. »Ich will es wirklich wissen. Sag mir bitte, was ich getan habe.«

Moritz dreht sich zu mir und steckt die Hände in die Hosentaschen. »Ist nicht mehr wichtig.«

Ich sehe, dass es ihm unangenehm ist, und bekomme ein ganz schlechtes Gefühl.

»Bitte, sag es mir.«

Moritz holt tief Luft. »Hey, ich war ein kleiner dummer Junge. Es hat keine Bedeutung.«

»Doch, hat es«, sprudelt es aus mir heraus.

Ein kurzer Moment der Stille entsteht. Moritz reibt sich den Nacken. »Wir haben Uno gespielt, und du hast behauptet, dass ich schummele. Hab ich aber nicht. Ich hab mich deswegen furchtbar aufgeregt und du hast dich auch furchtbar aufgeregt und dann ...«

»Was dann?«

»Dann hast du mir die Chips weggenommen und ich habe dir Orangensaft über dein T-Shirt geschüttet.«

»Und dann?«, frage ich zögerlich, denn langsam tauchen die Bilder wieder in meinem Kopf auf.

»Dann hast du gesagt, dass es dich nicht wundert, dass mein Vater von zu Hause weg ist, wenn er«, er schluckt kurz, »so einen dämlichen Sohn hat.«

Ich starre ihn an, und dann erinnere ich mich wieder, ich erinnere mich an unseren Streit und an meine Wut über das Schummeln und die Orangensaft-Dusche, und ich erinnere mich an meine Hilflosigkeit, die mich dazu gebracht hat, Sachen zu sagen, für die ich mich jetzt einfach nur schäme.

»Es tut mir leid, Moritz«, sage ich und meine es wirklich ernst. »Was ich damals alles gesagt habe ... Das war richtig bescheuert von mir.«

Moritz sieht mich an und seine grünen Augen sind wirklich unglaublich grün und haben genau dieselbe Farbe wie sein T-Shirt. »Okay.« Er sieht mir direkt in die Augen. »Ist die Entschuldigung jetzt wenigstens echt?«

»Die bei der Michalek war es auch. Obwohl es ja stimmt, dass du in den Schlafsack gepinkelt hast.«

»Immer noch besser, als in die Tasche der Nachbarin zu spucken«, erwidert er mit einem amüsierten Unterton.

»Mir war damals bei dem Fest einfach total übel«, rechtfertige ich mich. »Und es ging so schnell, was hätte ich denn tun sollen?« Ich sehe ihn an. »Außerdem war die Nachbarin doof. Sie hat dich immer Manfred genannt.«

»Stimmt, Mann, bin ich froh, dass die weggezogen ist«, sagt er, und dann setzt er sich auf die Liege neben mich, und plötzlich stört es mich nicht mehr, dass er noch da ist.

»Und kannst du dich an ihren nervigen Hund erinnern?«, frage ich.

»Der, der alle außer den Postboten angebellt hat?«

Ich nicke. »Der war echt schräg.«

»Aber viel schräger war der Typ, der die Straße rauf gewohnt hat und immer nur gesungen hat.«

»Das war anstrengend«, stimme ich zu, »vor allem konnte er nur zwei Lieder und von denen nur den Refrain.«

Und dann beginnen wir auf einmal zu quatschen, über alte und neue Zeiten, und es ist fast so wie früher, nur irgendwie cooler.

KAPITEL 17

Am nächsten Tag sehe ich Moritz schon wieder, weil unsere Klassen eine Exkursion ins Museum machen. Wir sollen uns da mit der Entwicklung der Menschheit beschäftigen, angefangen vom primitiven Höhlenmenschen übers Mittelalter bis heute. Generell mag ich solche Exkursionen total gerne, auch wenn ich nicht glaube, dass ich im Museum noch viel Neues über Höhlenmenschen erfahren werde (alles Wissenswerte darüber bringt einem nämlich schon Lasse bei, man muss ihn nur genauer beobachten).

Da ich noch immer freundinnenlos bin, sitze ich im Bus natürlich alleine. Moritz steht schräg vor mir bei seinen Kumpels und wirft mir immer wieder kurze Blicke zu. Ich kann sie nicht ganz deuten, denn obwohl er nicht lächelt, sind sie auch nicht unfreundlich wie sonst. Unser Gespräch von gestern scheint also tatsächlich etwas verändert zu haben, und ich bin froh, dass mich wenigstens er nicht mehr hasst. Reicht ja schon, dass Anouk mich weiterhin wie Luft behandelt, und Lasse, der nur eine Reihe hinter ihr sitzt, immer wieder gehässig zu mir rüberlinst.

Rüberlinsen tut übrigens auch die Michalek, aber nicht zu mir, sondern zum Hoffmann, der dabei ist, weil er der Klassenlehrer von der 8b ist. Und da ist sie natürlich nicht die Einzige. Der Hoffmann trägt heute ein schwarzes T-Shirt, das sich ziemlich eng um seine Muskeln spannt, und ich kriege natürlich mit, wie die gesamte Girlie-Fraktion tuschelt und ihn anstarrt (der Wirbel wird langsam echt peinlich).

Und während die Michalek auch immer wieder zum Hoffmann guckt, fällt mir auf, dass sie heute zum allerersten Mal, seit ich sie kenne, Lippenstift und Jeans trägt. Eine Jeans! Dabei dachte ich, dass die Michalek schon mit Rock zur Welt gekommen ist. Sie hat uns sogar mal Fotos von ihrem Thailand-Urlaub gezeigt, wo sie mit fettem Sonnenbrand und Rock auf einem Elefanten geritten ist – weshalb der Elefant so aussah, als ob er einen riesigen lila Rüschenkragen um den Hals und eine Tomate auf dem Kopf hätte.

Der Hoffmann scheint dieses Foto aber nicht zu kennen, sonst würde er die Michalek jetzt wahrscheinlich nicht so nett anlächeln, die daraufhin ganz rosa Wangen bekommt (kein Vergleich zum Sonnenbrand).

Und dann ruft Jannes aus der Parallelklasse, der zwei Reihen vor mir sitzt, dass ihm so unglaublich schlecht ist, und alle um ihn herum wenden sich abrupt ab, als hätte er eine tödliche Krankheit – bis auf Lasse, der sich ganz lässig zu ihm umdreht und laut erwidert: »Wahrscheinlich sitzt du einfach zu nah an der Verrätertante, da wird einem einfach schlecht«, und damit selbstverständlich mich meint. Ich schaue den Idioten an und würde mich jetzt am liebsten selbst übergeben, direkt in sein selbstgefälliges Gesicht, aber leider wird mir beim Busfahren nie übel.

Als wir eine Stunde später aussteigen, hat sich keiner übergeben, nicht mal Jannes, der danach noch in jeder Kurve dramatisch gestöhnt hat, dass mal bitte jemand das Fenster aufmachen soll, weil die Jungs hinten eine Packung Paprikachips gegessen haben und sich der Geruch im ganzen Bus ausgebreitet hat (auf Lasses Spruch hat zum Glück keiner mehr groß reagiert).

»So, Leute, alle mal herhören«, sagt der Hoffmann, als wir vor dem Museum stehen. »Wenn wir da jetzt reingehen, möchte ich, dass alles gesittet abläuft. Frau Michalek und ich haben uns eine Rätselrallye für euch überlegt, damit ihr auch etwas zu tun habt. Es ist übrigens ihr zu verdanken, dass ihr dabei nur Jahreszahlen aufschreiben und keine zusammenrechnen müsst, obwohl ich die Idee ziemlich gut gefunden hätte.« Er grinst und ein paar Mädchen kichern verzückt. »Die Fragebögen für die Rallye teile ich gleich aus. Die ersten drei, die es schaffen, alle Fragen richtig zu beantworten, kriegen einen Hausaufgabengutschein.«

»Echt jetzt?«, fragt Lasse. »Das ist ja wie in der Grundschule.«

Der Hoffmann spricht unbeeindruckt weiter. »Okay, ich korrigiere: Die ersten drei *außer Lasse*, die alle Fragen richtig haben, kriegen einen Hausaufgabengutschein.« Dann wendet er sich Lasse zu und zieht eine Augenbraue hoch. »Und du gibst mir einfach Bescheid, was ich dir Gutes tun kann. Vielleicht Karten für ein klassisches Ballett? Oder einen Benimmkurs?«

Ein Kichern rollt durch die Schülergruppe, und ich muss grinsen, weil der Blödian auch endlich mal sein Fett abkriegt.

»Okay, Leute, dann lasst uns reingehen. Und nicht vergessen: zuhören, mitschreiben, aber nicht mitquatschen.« Der Hoffmann lächelt bedeutsam, die Michalek himmelt ihn an, die Girlies sowieso, und dann schiebt sich der Schülerstrom aus zwei Klassen durch das breite Eingangstor.

Im Museum ist es angenehm kühl, und ich halte mich einfach in der Nähe der Lehrer und versuche, die Fragen vollständig zu beantworten, um mich von meiner Freundinnenlosigkeit abzulenken. Die Michalek ist heute irgendwie aufgedrehter als sonst, sie macht ständig irgendwelche komischen Lehrerwitze, die nur Lehrer lustig finden können, und tatsächlich findet der Hoffmann die auch wirklich lustig. Zum Glück macht ausnahmsweise keiner Witze über mich, und nach einer Stunde beginne ich langsam, mich zu entspannen. Ich laufe hinter ein paar Mädchen aus der Parallelklasse her, die so damit beschäftigt sind, den Hoffmann zu beeindrucken (»also das Jahreszahlen-Rechnen wäre echt total lässig gewesen«), dass sie mich gar nicht wahrnehmen, und irgendwann habe ich alle Fragen auf meinem Zettel beantwortet und bekomme dann tatsächlich einen Hausaufgabengutschein, weil ich Dritte war (Anouk war Erste, war ja klar).

In der Pause setzen wir uns alle in den Innenhof des Museums, wo es einen hübschen Springbrunnen gibt und eine große Cafeteria für die, die ihre Brote schon im Bus aufgefuttert haben. Die Sonne scheint, es ist warm, ich sitze auf einer Bank und trinke Mamas selbst gemachte Limonade … eigentlich finde ich den Ausflug ganz erträglich. Als sich dann sogar noch ein Mädchen aus der Parallelklasse neben mich setzt, beginne ich fast zu glauben, dass jetzt langsam alles wieder normal wird.

In diesem Moment vibriert mein Handy. Ich ziehe es aus meinem Rucksack und sehe eine neue WhatsApp-Nachricht.

Sie ist von Julia.

»Hey, Flo«, schreibt Julia. Sonst nichts. Nur diese zwei kleinen Wörter.

Ich starre auf die Nachricht, glaube, ich lese nicht richtig, und da sind plötzlich total unterschiedliche Gefühle in meinem Bauch. Da ist ein kleines bisschen Freude, dass sie sich wieder bei mir meldet, die von einem Riesenbrocken Wut zermalmt wird, wegen der Art, wie sie sich meldet.

Hey, Flo? Also ehrlich, was soll »Hey, Flo« bedeuten? Will sie jetzt etwa so tun, als ob zwischen uns alles in Ordnung wäre? Will sie so tun, als ob sie mich nicht verraten und verkauft und alleine für etwas büßen hat lassen, an dem sie genauso beteiligt war?

Ich starre auf ihr blödes »Hey, Flo« und überlege, was das zu bedeuten hat.

Bedeutung 1: *Hey, Flo, so schlimm war mein Verrat ja gar nicht, lass uns einfach drüberwegsehen, okay? ;)*

Bedeutung 2: *Hey, Flo, ich bin mir überhaupt keiner Schuld bewusst! Was geht bei dir ab, lass uns wieder mal quatschen!*

Bedeutung 3: *Hey, Flo, mir ist grad langweilig, also hab ich an dich gedacht, aber wenn mir nicht mehr langweilig ist, bist du mir wieder egal!*

Bedeutung 4: *Hey, Flo, es tut mir leid, aber ich bin zu feig, dir das zu schreiben. Also hoffe ich, dass ein einfaches »Hey« auch reichen wird.*

Ich blicke noch immer zähneknirschend auf die Nachricht und kann gar nichts mehr essen vor lauter Ärger, weil alle vier Möglichkeiten verdammt bescheuert sind.

»Hey, Flo«, sagt in dem Moment Lasse und setzt sich neben mich, was schon seltsam genug ist. Noch seltsamer wird es, als er grinst und sich vertraulich zu mir rüberbeugt.

»Das hier macht gerade die Runde, ich hab mir gedacht, du willst es vielleicht auch sehen«, flüstert er, und dann lässt er ein mehrfach gefaltetes Stück Papier in meinen Schoß fallen. Es sieht genauso aus wie der Zettel, den der Hoffmann vorhin verteilt hat, und ich runzle die Stirn.

»Danke, aber ich bin mit meiner Rätselrallye schon fertig«, erwidere ich kurz angebunden, und Lasse grinst noch einen Tick fieser.

»Das hier hat nichts mit der Rätselrallye zu tun«, erwidert er, und dann steht er auf und geht einfach weg.

Mein Herz schlägt mir plötzlich bis zum Hals, weil das sicher nichts Gutes ist, und mein Mund wird ganz trocken, obwohl ich gerade vorhin noch etwas von meiner leckeren Limonade getrunken habe.

Mit zitternden Fingern entfalte ich das Blatt Papier und sehe einen auf dem Computer getippten Brief. Darin steht:

Lieber Dr. Zomp!

Ich weiß nicht, was ich tun soll! Ich bin das unbeliebteste Mädchen in der ganzen Klasse und keiner mag mich. Mein Leben ist eine einzige Katastrophe!

Ich schlucke und blicke für einen Moment auf. Die anderen sitzen in Grüppchen zusammen, essen ihre Brote und quatschen. Anouk und ein paar andere Mädchen vergleichen die Ergebnisse ihrer Rätselrallye miteinander. Ich sehe, wie sie die Köpfe zusammenstecken, tuscheln und miteinander kichern. Und dann blickt Anouk zu mir rüber, irgendwie zufrieden und selbstgefällig.

Trotz der Sonne wird mir kalt. Das Plätschern des Springbrunnens wird plötzlich ganz laut, und dann merke ich, es ist gar nicht der Springbrunnen, es ist ein Rauschen in meinen Ohren. Genauso wie es gar nicht die Rätselrallye ist, die sie miteinander vergleichen, sondern derselbe ausgedruckte Brief, den auch ich bekommen habe.

Mit hochrotem Kopf senke ich den Blick auf den Zettel in meiner Hand und lese weiter.

Aus diesen Gründen ist mein Leben katastrophal:

1. Ich habe viel zu kleine Brüste (ehrlich, sie sind winzig).

2. Ich kriege immer einen Tomatenschädel und meinen Mund nicht auf, wenn ich vor der Klasse sprechen soll.

3. Ich habe einfach nur aus Spaß Lügen verbreitet und seitdem kann mich keiner mehr leiden. Nicht mal die Lehrer mögen mich! Und auch der Hausmeister mag mich nicht, nicht mal der Hund vom Hausmeister mag mich, nicht mal die Kacke vom Hund vom Hausmeister mag mich – kurz gesagt: Ich werde von allen gehasst.

Was soll ich nur tun?

Ein Mädchen auf der Suche nach Antworten (und einem BH, der ihr passt)

Ich starre auf den Brief und merke an dem Kitzeln in meiner Nase, dass ich kurz davor bin, zu heulen. Gerade dachte ich noch, es würde besser werden. Gerade dachte ich, das Leben würde irgendwann wieder normal werden. Aber jetzt habe ich das Gefühl, es wird nie aufhören. Sie werden deswegen immer auf mir herumhacken, werden nie aufhören, sich über mich lustig zu machen, so lange, bis ich graue Haare habe und einen Stock brauche.

Ich zerknülle den Brief und stehe auf, um ihn in den nächsten Mülleimer zu werfen. Moritz sitzt mit zwei Typen aus seiner Klasse auf dem breiten Rand des Springbrunnens, und ich bemerke, wie er mich irritiert anguckt, bevor ihm ein Mädchen aus der Parallelklasse ein zusammengefaltetes Stück Papier zusteckt. Mit gerunzelter Stirn beginnt Moritz zu lesen, und ich sehe, wie sein

Gesicht immer wütender und wütender wird. Schließlich zerknüllt er den Brief und steht auf. Ich wende schnell den Blick ab, weil ich ihn nicht anstarren möchte, aber das hätte ich mir sparen können, denn er kommt direkt auf mich zu.

»Hast du auch so einen bekommen?«, fragt er mich, und seine Stimme klingt verdammt angepisst.

Ich weiß nicht so recht, was ich sagen soll, weil mir das alles unglaublich peinlich ist, und nicke nur stumm.

»Gib her«, sagt Moritz, und ich gehorche einfach und gebe ihm den Zettel. Er nimmt ihn und schmeißt ihn in den Müll, und dann geht er zu den tuschelnden Mädchen von vorhin und fragt sie etwas. Er ist zu weit weg, als dass ich höre, was er sagt, aber sie schauen von ihm zu mir, und dann rücken sie noch eine Kopie des Briefes raus, und die schmeißt Moritz dann auch noch weg.

»Danke«, sage ich leise, nachdem er alle drei Briefe in den Müll geworfen hat. Ich stehe noch immer an derselben Stelle und habe das Gefühl, es irgendwie gar nicht verdient zu haben, dass er sich für mich einsetzt.

»Du brauchst dich nicht zu bedanken«, antwortet er kühl. »Wer das geschrieben hat, braucht echt nicht zu glauben, dass das witzig ist.« Sein Blick wandert rüber zu Anouk, und er setzt hinzu: »Denn im Gegensatz zu deinem Brief war das hier *kein* Unfall.«

Ich weiß nicht, was ich darauf sagen soll, doch zum Glück piepst da sein Handy, und ich muss auch gar nichts sagen. Irgendjemand hat ihm wohl einen Link zu einem YouTube-Video geschickt, und ich will mich schon abwenden und weggehen, als er mich am Unterarm berührt.

»Schau mal. Ein Video von Bens Party. Und es geht ausnahmsweise nicht um dich.« Er grinst kurz und ich schiele auf sein Display. Darauf sind die beiden stark geschminkten Lästertanten zu sehen, die mich auf der Party als oberfies bezeichnet haben. Offenbar wurde der Film aufgenommen, als ich schon längst wieder weg war, denn es sind deutlich weniger Leute zu sehen, und die beiden klettern auf Bens Esstisch, um zu tanzen.

»Komm her, Ben, und tanz mit uns!«, schreit die eine, und die andere beginnt superpeinlich mit dem Hintern zu wackeln, bis sie plötzlich das Gleichgewicht verliert und beinahe vom Tisch fällt. Ich sehe, wie sie sich gerade noch an den dicken Vorhängen daneben festhalten kann, und dann brechen die Vorhangstangen aus der Wand, und sie fliegt mit Karacho hinunter, direkt in eine Yucca-Palme.

»Wow«, sagt Moritz, nachdem wir uns das Video ein zweites Mal angeguckt haben. »Das nenn ich mal einen Abflug.« Und plötzlich höre ich an den vielen Pling-Plings ringsum, wie die Leute den Video-Link über WhatsApp kriegen und dann auf ihre Handys starren und zu lachen beginnen. Fast alle lachen, und es hat endlich nichts mehr mit mir zu tun.

»So, steckt eure Handys wieder ein, wir machen weiter mit unserer Museumstour«, ruft die Michalek in diesem magischen Augenblick, und Moritz geht wieder zu seinen Kumpels.

»Als Nächstes steht das Zeitalter der Renaissance auf dem Programm. Folgt mir bitte!«

Beide Klassen setzen sich langsam in Bewegung und wir laufen hinter der Michalek her in einen Raum voller nackter Statuen. Das Gekicher von vorhin ist noch immer nicht abgeklungen, und ich sehe, dass mehr als die Hälfte der Leute auf ihre Handys schielen und sich das neue YouTube-Video reinziehen.

»Also: Renaissance. Wer weiß, was das Wort eigentlich bedeutet?«, fragt die Michalek und lässt ihre Augen über die zwei Klassen wandern. Allerdings bekommt sie kaum Aufmerksamkeit, weil der Vorhangstangensturz wesentlich interessanter zu sein scheint.

»Was seht ihr euch denn da die ganze Zeit an?«, fragt sie verärgert und geht zu Charlotte, um ihr das Handy wegzunehmen.

Blitzschnell lässt Charlotte das Telefon in ihrer Jeanstasche verschwinden und wird total rot. »Gar nichts«, stammelt sie, ausnahmsweise ohne Spucke.

»Und wieso hast du dann gelacht?«, fragt die Michalek genervt. Vielleicht liegt es daran, dass der Hoffmann gerade auf dem Klo ist und sie ihn jetzt schon vermisst.

»Ich ... Weil ... Weil«, stottert Charlotte, und ihr Blick

bleibt an der Nachbildung von Michelangelos nackter David-Statue hängen.

»Weil David nackt ist und man seinen Penis sehen kann? Das nennt man Kunst, Charlotte«, sagt die Michalek, und schlagartig hört das Getuschel auf, und es ist komplett still in der großen Halle. Sie sieht sich überrascht um und schüttelt den Kopf. »Ja, *Penis.* Ich habe Penis gesagt. Es ist ein ganz normales Wort«, behauptet die Michalek ruhig. Sie wird noch immer angestarrt, und ich warte eigentlich nur darauf, dass sie uns gleich auffordert, dass wir auch »Penis« sagen sollen (und jetzt alle zusammen: PE-NIS), aber in dem Moment kommt der Hoffmann herein und nickt. »Sie haben recht, Frau Kollegin, ein ganz normales Wort.«

Und dann wird die Michalek so tomatenrot, wie es sonst nur ich werde, und inmitten dieses großartigen Moments bekomme ich noch eine WhatsApp-Nachricht von Julia, und sie schreibt: *»Hey, Flo, ich hab echt Mist gebaut. Großen, großen Mist. Ich hatte einfach Schiss und habe mich für die falsche Seite der Macht entschieden. Können wir trotzdem wieder Freunde sein? Ich weiß, ich hab's verbockt, und es tut mir leid. Tooootal leid. Am liebsten würde ich behaupten, dass es mein böser Zwilling war, aber du weißt ja, dass ich nur böse Brüder habe. Bitte vergib mir! Deine Julia.«*

KAPITEL 18

Als ich am nächsten Morgen mit dem Fahrrad zur Schule düse, bin ich wirklich gut gelaunt. Der Fahrtwind ist wärmer, das Gras der Gärten, an denen ich vorbeizische, grüner, und selbst die Leute, die mir entgegenkommen, sind freundlicher als sonst (zumindest bilde ich mir das ein – die eine hat mich sogar gegrüßt, obwohl ich sie gar nicht kenne, und gelächelt hat sie auch noch).

Es ist schon lustig, wie das Blatt sich wendet. Vorgestern war ich noch Schulfeind und Thema Nummer eins, aber dank den blöden Lästertanten, die Bens Vorhänge auf dem Gewissen haben, ist das Interesse an mir schlagartig gesunken. Was mir wirklich nur allzu recht ist!

Und dann freue ich mich natürlich, dass Julia endlich von ihrem schlechten Gewissen gepackt wurde. Was glaubt sie eigentlich? Dass jetzt wieder alles vergessen ist? Da taucht wohl eher der Osterhase mit dem Weihnachtsmann auf und beide wünschen ihr gute Besserung, als dass ich JEMALS wieder mit ihr spreche.

Heute vergeht selbst der Unterricht schneller, und als wir später auf dem Sportplatz unsere Laufrunden drehen (die Biedermann, die immer mit einer Trillerpfeife um den Hals rumläuft, zwingt uns, jede Stunde zehn Runden um den Block zu laufen, während sie sich gemütlich in die Sonne setzt), glaube ich, ich sehe nicht richtig. Schon rein gefühlstechnisch (um nicht bei den Mädels zu laufen, die mir noch immer diese Hoffentlich-fällst-du-tot-um-Blicke zuwerfen) und körpertechnisch (um nach dem Turnen nicht total verschwitzt zu sein, ich treffe nachher schließlich noch Ben für das Interview!) halte ich mich mit meinem Tempo heute zurück und bilde mit etwas Abstand das Schlusslicht der Laufgruppe.

Natürlich laufe ich immer noch schnell genug, dass mich die Vordersten nicht wieder von hinten überholen. Also, ich laufe gerade an den Mülltonnen vorbei und um die Ecke, als ich plötzlich Anouk sehe, die in ihren Sportklamotten an der Hauswand lehnt und sich mit Lasse unterhält. Und dabei unterhalten sie sich nicht nur, sondern sie streift seine Hand, und es ist keine »Das-ist-jetzt-unabsichtlich-passiert-echt-peinlich-Berührung«, es ist ein absichtliches Streifen! Und dabei lächelt sie so seltsam, und auch Lasse, der Vollidiot, lächelt so verklärt, und dann trifft es mich wie ein Blitzschlag: Anouk steht auf Lasse! IGITT!

Und als die beiden mich sehen, wie ich da so um die

Ecke komme, reißt es sie auseinander. Und ich muss aufpassen, vor lauter Überraschung und Brechreiz nicht zu stolpern und auf den Boden zu knallen.

Ich laufe also weiter, viel schneller als vorher, aber vor dem Bild, das ich jetzt in meinem Kopf habe, kann ich nicht davonlaufen. Lasse und Anouk, das ist ja widerlich! Wer bitte schön steht auf Lasse?! Das ist so was von creepy! Und dann höre ich, wie mir jemand hinterherläuft (es ist Anouk, ich erkenne sie sofort an ihrem perfekten Laufrhythmus), und ich werde schneller. Auch sie gibt Gas, aber ich lasse mich nicht einholen. Meine Beine donnern über den Asphalt, als hätte ich nie etwas anderes getan. Ich spüre, dass sie dicht hinter mir ist, und höre, wie sie keucht, während das Adrenalin durch meine Adern pumpt. Wir laufen, als würden wir um unser Leben rennen, überholen die anderen aus unserer Klasse (die uns wahrscheinlich wie verwirrte Schafe hinterherglotzen), lassen den Pausenhof, die Parkplätze und das Fußballfeld hinter uns, aber ich habe nicht vor, mich von ihr abhängen zu lassen! Ganz im Gegenteil!

»Flo, jetzt warte doch!«, höre ich sie irgendwann hinter mir schnaufen, gerade als wir an den Fahrradständern vorbeikommen.

Ich komme schlitternd zum Stehen und drehe mich zu ihr um. »Warum? Weil ich dich mit deinem ... *Freund* gesehen habe?«, frage ich und ringe gleichzeitig nach Luft, weil es doch verdammt anstrengend war, so schnell zu sein. »Knutschst du also nicht nur mit Ben, sondern auch mit Lasse rum?« Mein Brustkorb hebt und senkt sich so heftig, dass ich Angst habe, er könne gleich rausspringen. Aber ich habe noch genug Kraft in den Augen, um Anouk anzufunkeln.

Mit hochrotem Kopf stemmt sie die Hände auf die Oberschenkel und atmet mehrmals tief ein und aus. »Okay ... es war eine Lüge!«, faucht sie. »Es war eine Notlüge. Ihr seid so gemein über Lasse hergezogen, dass ich es im Turnsaal doch nicht hätte sagen können!«

»*Wir* sind gemein über Lasse hergezogen?«, frage ich und wische mir die verschwitzten Haarsträhnen aus dem Gesicht. »*Er* ist es doch, der immer die blöden Sprüche ablässt!«

»Aber er ist nicht *nur* so.« Anouks Augen bekommen so einen seltsamen Glanz.

»Es ist mir auch egal«, schnappe ich, und mein Herz schlägt ganz aufgeregt, aber nicht nur, weil ich gerade so gerannt bin. Sondern auch, weil ich plötzlich wieder mit Anouk spreche. »Du mit deinen Lügen bist mir egal«, setze ich noch hinzu, weil ich vor der ganzen Schule als Täter dastehe, während sie das sensible Opfer mimt. Und keiner ahnt was von IHREN Lügen!

»Das musst gerade du sagen«, macht sie mich blöd an.

»Ich habe nicht gelogen«, sage ich wütend, weil ich natürlich weiß, worauf sie hinauswill. »Der Brief war ein Unfall! Das habe ich doch schon erklärt!«

»Ein Unfall?«, zischt sie. »Du hast gesehen, wie sie auf mich losgegangen sind, und du hast NICHTS gesagt. Kein Sterbenswort!«

»Ich wollte am nächsten Tag alles zugeben!«

»Das sagst du jetzt so!«

»Nein, tue ich nicht!«

»Erzähl das deinem Goldfisch!«

Ich blicke sie bitterböse an und bin froh, dass ich ihr nie erzählt habe, dass ich tatsächlich ab und zu mit Mr Minion spreche, auch wenn er nicht antwortet (noch nicht).

»Kehr doch mal vor deiner eigenen Tür. Machst hier einen auf gekränkt und schreibst selbst blöde Briefe.« Ich atme tief durch. »Der Museumsbrief war doch von dir!«

»Nein, war er nicht«, speit sie mir entgegen, und ihr Augenaufschlag ist dabei ganz normal, was bedeutet, dass sie die Wahrheit sagt.

»Das warst nicht du?«, frage ich, weil ich fest davon ausgegangen bin, dass sie ihn geschrieben hat.

Anouk schüttelt den Kopf. »Nein.« Sie schluckt. »Er war … Er war von Lasse.«

»Von Lasse?!?«

»Ja«, erklärt sie gepresst. »Er war einfach so megasauer wegen dem, was du geschrieben hast. Also auch über ihn. Und weil du und Julia schuld seid, dass wir uns immer heimlich treffen müssen.« Ich sehe Anouk an.

Dass es sich dabei für mich nicht um heimliche, sondern um UNHEIMLICHE (unheimlich eklige) Treffen handelt, sage ich jetzt nicht. Sie wirkt irgendwie verzweifelt.

»Du hättest doch einfach sagen können, dass du auf Lasse stehst.«

Sie bindet ihre Haare zu einem Knoten. »Wie denn? Ihr macht euch doch ständig lustig über ihn!«

»Ja und? Wenn du ihn gut findest, dann ist das doch deine Sache«, sage ich und setze mich auf die Bank, die neben den Fahrradständern steht. »Wir hätten uns dann einfach über euch beide lustig gemacht.«

»Großartig«, sagt Anouk und setzt sich neben mich auf die Bank.

»Das heißt, du hast beim Flyerverteilen *ihn* geküsst?«, frage ich, obwohl ich die Antwort schon kenne.

Sie nickt. »Es war nicht geplant, aber irgendwie ist es passiert.« Sie macht eine Pause. »Und es war schön.«

Ein kalter Schauer läuft mir über den Rücken, aber ich halte meine Klappe.

»Und als ihr dann über das Küssen gesprochen habt und schon viel mehr Erfahrung hattet als ich ...«, beginnt sie.

»Also Julia«, korrigiere ich sie.

»Ja, also Julia«, bestätigt sie und schmunzelt kurz, »da wollte ich es euch ehrlich auch erzählen, aber dann kam Lasse, und ihr habt eure Sprüche abgezogen, von wegen er hat Mundgeruch. Und dann dachtet ihr, dass es Ben gewesen sein muss, den ich geküsst habe. Und ich konnte doch nicht sagen, dass es Lasse war!«

Unweigerlich nicke ich. Es ist seltsam, hier neben Anouk zu sitzen und zu verstehen, warum sie die Sache mit Ben erfunden hat. Sie hatte tatsächlich einen Grund! (Wenn auch einen recht zweifelhaften.)

»Und du magst ihn wirklich?«

Sie nickt.

»Und hat er wirklich Mundgeruch?«

Sie lacht und schlägt mir auf die Schulter. »Hat er nicht.«

»Dann ist ja gut«, sage ich und grinse.

»Können wir jetzt einfach alles vergessen und wieder Freunde sein?«, fragt Anouk dann etwas leiser, und ich zucke mit den Schultern.

»Ich weiß nicht, ob ich mit dir befreundet sein kann, wenn du dich mit Lasse triffst«, murmele ich und sehe, wie sich ihre Augen weiten.

»War nur ein Scherz«, schiebe ich schnell nach und bin froh, dass die perfekte Anouk doch nicht so perfekt ist. Lasse ist ein eindeutiger Schönheitsfehler, den kann sie auch nicht wegdiskutieren. Und dann denke ich, was alles passiert ist und wieso alles passiert ist, und dann ist mein Kopf auf einmal vollkommen voll und doch ganz leer.

»Ich glaube schon, dass wir wieder Freunde sein können«, sage auch ich etwas leiser, aber Anouk hört es trotzdem. Und dann nickt sie, und auch ich nicke und fühle, wie mir ein riesiger Stein vom Herzen fällt.

»Hey, Flo«, begrüßt mich Ben, als ich das Büro der Schülerzeitung betrete.

»Hi«, sage ich und sehe, dass Ben schon zwei der Stühle so hingestellt hat, dass wir gleich gegenüber Platz nehmen können. Mein Puls schießt in die Höhe, als Ben auf mich zukommt, mit seinem perfekten Surfer-Look, den blonden Haaren und den blauen Augen. Er trägt eine dunkle Jeans und ein weißes Shirt, auf dem steht »Mir egal. Ich mach das schon richtig«. Er lächelt, und ich lächle zurück und merke, wie sehr ich strahle, nicht nur wegen Ben. Es fühlt sich gut an, wieder eine Freundin an meiner Seite zu haben. Und es fühlt sich gut an, endlich wieder mit jemandem so richtig reden zu können (sorry, Mr Minion!). Anouk wollte sofort alles über Ben wissen, wann wir uns getroffen haben, wie oft, wie es auf der Party war, und was ich jetzt mit dem Interview mache. Und dann hat sie über Julia gesprochen, dass es der TOTAL leidtut und dass sie ihr inzwischen gestanden hat, dass wir beide den Brief gemeinsam verfasst haben. Und dass Anouk mir deswegen auch nachgelaufen ist, irgendwie, weil die letzten Wochen für mich sicher total schrecklich waren, so alleine. Und dass sie diese Hetzjagd nicht wirklich lostreten wollte, als sie damals ins SCHLOG-Büro gegangen ist und Tina erzählt hat, dass ich den Brief verfasst haben muss, da ich ja die Einzige bin, die von ihrem Muttermal weiß. Und dass sie auch nicht wusste, dass Tina einen Cousin hat, der bei Dr. Zomp! in der Redaktion arbeitet und meine IP-Adresse bestätigt hat. Und dass wir jetzt im Grunde doch alle Mist gebaut haben und sie am liebsten alles ungeschehen machen könnte, nicht aber, dass ich jetzt bei SCHLOG bin und gleich das Interview mit Ben habe, denn das ist so irre cool.

»Kann es losgehen?«, fragt Ben, und ich setze mich nickend auf den Stuhl und er sich mir gegenüber. Er hält sein iPhone in der Hand. »Ich möchte das Interview gerne aufnehmen, okay?«

»Um meine Antworten nachher irgendwie fies zusammenzustückeln?«, frage ich.

Er lacht. »Keine schlechte Idee. Nein, ich werde vielleicht etwas kürzen, aber mehr mache ich nicht. Versprochen.« Er hebt die Hand, als würde er schwören.

»Ich glaub dir mal«, erwidere ich.

Ben nickt, drückt die Aufnahmefunktion von seinem Handy und sieht mich dann an. Seine blauen Augen sind wirklich der Hammer, und ich hoffe, dass ich nicht den totalen Blödsinn von mir geben werde. Aber wie soll man bei solchen Augen noch klar denken können?

»Okay, Flo«, sagt er, und seine Stimme klingt plötzlich total geschäftsmäßig, »lass es mich mal zusammenfassen, für die, die dich noch nicht kennen: Du hast einen Brief aus Sicht deiner Freundin formuliert und ihn dann abgeschickt. Wie kommt man auf so eine Idee?«

»Das war überhaupt nicht geplant und einfach nur ein Unfall«, sage ich ruhig, weil ich mich auf die Frage schon vorbereitet habe. »Ich hatte mich über meine Freundin geärgert, dann aus lauter Wut den Brief mit einer Menge Blödsinn darin geschrieben und das Ganze versehentlich abgeschickt. Ich wollte niemanden absichtlich beleidigen.« Julia lasse ich bewusst wieder raus, um das Thema nicht noch weiter anzuheizen. Überhaupt frage ich mich, ob es klug ist, jetzt noch über alles zu sprechen, anstatt zu hoffen, dass die Sache sich von allein auflöst. Vor allem jetzt, wo Anouk und ich uns wieder versöhnt haben.

»Was hat dir deine Freundin denn getan, dass du dich so geärgert hast?«, fragt Ben und sieht mich erwartungsvoll an. Oh Mann! Ich kann ihm doch nicht sagen, dass ich sauer auf Anouk war, weil sie behauptet hat, ihn geküsst zu haben.

»Darüber möchte ich nicht sprechen«, sage ich so lässig wie möglich, und Bens Augen bekommen so ein aufgeregtes Funkeln.

»Es ist Schnee von gestern und tut jetzt nichts mehr zur Sache«, füge ich hinzu (klingt etwas lahm, aber ich hoffe, dass es ihm reicht).

»Okay – aber was du geschrieben hast, war das nicht deine ehrliche Meinung? Findest du Lasse tatsächlich bescheuert und die Schülerinnen, die den Hoffmann anhimmeln, total kindisch? Und was sagst du zum Kleidungsstil von der Michalek?«

»Also, dazu sage ich nichts«, antworte ich trocken und sehe, wie Ben schmunzelt. »Was ich meine – ich war wütend und habe einfach ein paar doofe Sachen hingeschrieben, das kennt doch jeder von uns, oder? Dass man sich im Zorn gemeine Sachen denkt, die aber nicht wirklich so meint. So war das eben auch bei mir. Nur leider hab ich es abgeschickt. Dumm gelaufen.«

Bens Mundwinkel zuckt amüsiert. »Verstehe. Und sag, was hat sich nach dem Brief alles verändert?«

Ich hole tief Luft. Und dann erzähle ich von den fiesen Blicken und dem ganzen Getuschel, und wir sprechen über die kreativen Spitznamen, die ich bekommen habe (zum Beispiel: furchtbare Psycho-Schreiberin), reden über Paranoia und wildes Stalking der Sechstklässler und über meine persönlichen Highlights der Hexenverfolgung.

»Und was hast du nun mit deinem neuen Bekanntheitsgrad vor?«, fragt Ben, als wir gefühlt schon über alles gesprochen haben. »Gibt es bald ein Album von dir? Oder planst du ein Buch mit deinen Memoiren?«

»Ich werde eine Bar eröffnen«, sage ich cool. »Und weil das sowieso in den Köpfen der Leute ist, wenn sie mich sehen, werde ich die Bar ›Furcht-Bar‹ nennen.«

Ben beginnt zu lachen. »Das ist echt witzig, Flo. Furchtbar witzig.«

»Danke«, sage ich.

»Danke zurück für das Interview, es war mir eine Freude«, sagt Ben, und es klingt, als würde er es echt ernst meinen.

Ich nicke. »Danke, dass die Fragen nicht fies waren«, erwidere ich und streiche mir eine Haarsträhne hinters Ohr.

Ben grinst. »Was denkst du, das trau ich mich doch gar nicht. Sonst schreibst du vielleicht gleich die nächste Mail über mich.« Er zwinkert mir zu und bringt mich damit zum Lachen. Dann stoppt er die Aufnahme. »Wir sind fertig.«

»Hat auch gar nicht wehgetan«, sage ich erleichtert und stehe auf.

Ben steht auch auf und steckt die Hände in die Hosentaschen. Dann sieht er mich an. »Und es tut auch sicher nicht weh, morgen mit mir ins Kino zu gehen, oder?«, fragt er selbstbewusst, und ich weiß nicht, welches Feuerwerk ich gerade in mir spüre, aber es ist garantiert das Gegenteil von Schmerz.

KAPITEL 19

»Aua, verdammt!« Ich rucke mit dem Kopf zurück, stolpere im Bad rückwärts und haue mir den kleinen Zeh an der Badewanne an. »Ahhhh!«, jammere ich und weiß nicht, was mehr wehtut: die blöde Wimperntusche in meinem Auge oder der Schmerz in meinem kleinen Zeh. (Ich hätte ja gehofft, dass mich der eine Schmerz vom anderen Schmerz ablenkt – Pustekuchen, es tut einfach beides höllisch weh.)

»Alles in Ordnung bei dir, Schätzchen?«, ruft Mama von unten.

»Ja, alles bestens!«, rufe ich zurück und versuche, fröhlich zu klingen. Schließlich habe ich jeden Grund, fröhlich zu sein. Denn ... ich ... werde ... heute ... mit ... Trommelwirbel ... Ben ins Kino gehen!

Mein Handy klingelt und ich gehe ran. Es ist Anouk, und für einen Moment fließt ein ganz warmes, angenehmes Gefühl durch meinen Bauch, weil wir wieder Freundinnen sind.

»Hey, Anouk«, stöhne ich in den Hörer.

»Hallo, Flo. Alles okay?«, fragt sie mich, und ich schüttele den Kopf, obwohl sie das natürlich nicht sehen kann.

»Ich bin mir gerade mit der Bürste von der Wimperntusche voll fest ins Auge gefahren und jetzt sehe ich aus wie ein Waschbär«, seufze ich. »Außerdem hab ich mir wahrscheinlich den kleinen Zeh gebrochen.«

»Waschbären sind doch voll süß«, entgegnet Anouk, ohne auf meinen möglichen Zehenbruch im Geringsten einzugehen.

»Ich glaube kaum, dass Ben mit einem ausgehen will«, sage ich skeptisch.

Anouk lacht. »Soll ich rüberkommen und dir beim Schminken helfen?«

»Ja, bitte«, sage ich nur, während mich wieder dieses warme, schöne Gefühl durchflutet und ich grinsen muss.

»Okay, wie viel Zeit haben wir, Frau Waschbär?«, fragt Anouk als Erstes, nachdem sie mit einer Tüte die Treppe heraufgekommen ist.

Ich schaue auf mein Handy. »Er hat gesagt, wir treffen uns in einer Stunde vor dem Kino.«

»Kino«, seufzt Anouk. »Da könnt ihr ja gar nicht miteinander reden.«

»Das stört mich nicht«, sage ich schnell.

Anouks hübsche Augen verengen sich und sie zieht die Augenbrauen zusammen. »Sag jetzt nicht, du hast Angst davor, mit ihm zu reden, Flo. Du hast dich doch schon mit ihm unterhalten.«

Ich starre sie an. »Ja, aber da war ich immer im Ausnahmezustand. Und jetzt ... jetzt ist es so etwas wie ein ...«

»So etwas wie ein?«, wiederholt Anouk fragend, während sie mich zurück ins Bad lotst und mich dort sanft auf den Badewannenrand drückt. Dann tränkt sie ein Wattepad mit Make-up-Entferner und wischt mir mein Waschbär-Auge fort.

»Wie ein Date«, sage ich und kann noch immer nicht glauben, dass Ben sich mit MIR treffen möchte. ALLEINE. Nur wir zwei.

»Natürlich ist es ein Date«, sagt Anouk total selbstverständlich, nimmt einen hellen Puder und beginnt, damit mein Gesicht abzutupfen. »Du wirst das toll machen, Flo.«

Ich schnaube und eine Puderwolke steigt in die Höhe.

»Und was, wenn nicht? Mir ist jetzt schon total schlecht, wenn ich an heute Abend denke«, sage ich und reibe mir über den Bauch. »Weißt du, wie lange ich schon auf Ben stehe?«

»Ich weiß«, murmelt sie. »Aber das darfst du ihm echt nicht zeigen. Das wäre der absolute Oberfail!«

»Was ist denn noch alles ein Oberfail?«, frage ich zaghaft und stehe auf, um mich im Spiegel anzusehen. Dank Anouk ist mein Gesicht jetzt wieder das von einem Menschen und nicht von einem Waschbären.

»Frag ihn nicht nach früheren Freundinnen. Das können Jungs gar nicht leiden«, erklärt Anouk fachmännisch. »Ach ja, und verbessere ihn nicht, selbst wenn er ein falsches Wort benutzt.«

Ich schnappe mir die Haarbürste und verdrehe die Augen. »Ben ist der Herausgeber vom Schülerzeitungsblog. Ich denke nicht, dass er viele falsche Wörter benutzt.«

»Sei dir da nicht so sicher«, sagt Anouk und beginnt, mir mit einer Pinzette die Augenbrauen zu zupfen. »Ich habe einen total intelligenten Cousin, der studiert hat, aber er hat keine Ahnung von Redewendungen.«

Ich runzele die Stirn. »Wie meinst du das?«

»Er mischt sie«, sagt Anouk. »Es ist furchtbar. Er sagt dann so Sachen wie: Besser Morgenstund im Mund als die Taube auf dem Dach. Oder: Gleich und gleich beißt gern ins Gras. Meine Eltern macht das *wahnsinnig.*«

Ich schüttele den Kopf. »Okay. Nicht korrigieren, selbst wenn er Sprichwörter durcheinandermischt. Was noch?«

»Essen«, sagt Anouk und hält einen Lippenstift hoch.

»Nein, danke«, erwidere ich. »Ich glaube nicht, dass mir die Farbe schmeckt.«

Anouk kichert. »Den Lippenstift sollst du natürlich

nicht essen. Aber du musst aufpassen, was du isst. Generell gilt: Nichts, was tropft, stinkt oder Flecken macht. Also kein Knoblauchbrot ... oder Bohnen ... so was ist beim ersten Date ganz übel.«

»Popcorn ist okay?«

Sie zieht eine Augenbraue hoch. »Solange du dir die Körner nicht aus den Zähnen pulst und in einem Säckchen sammelst, um sie später noch mal in der Mikrowelle aufzubacken ...«

Ich kichere. »Mann, Anouk – du kannst ganz schön eklig sein!«

Sie grinst und streicht sich ihre blonden Haare zurück. »Danke. Ich werte das jetzt mal als Kompliment.«

Eine halbe Stunde später bin ich auf dem Weg zum Kino. Anouk hat mich überredet, heute eines von ihren T-Shirts zusammen mit einer ihrer ultracoolen Jacken anzuziehen, und n i c h t wieder mein schwarzes Lieblingstop, das ich fast jeden Tag in der Schule trage. Außerdem hat sie mir ein wenig Lippenstift auf die Lippen getupft, und ich finde, es sieht richtig gut aus. Man sieht gar nicht, dass ich geschminkt bin, ich sehe einfach nur einen Tick frischer aus.

Ben ist noch nicht da, als ich vor dem Kino ankomme, und sofort sind da wieder Tausende von Schmetterlingen, die in meinem Bauch herumflattern. Vielleicht sind es aber auch Fledermäuse, so schlecht wie mir ist.

Ich gehe mit Ben ins Kino!

Heute!

Der Wahnsinn!

Ich will lieber nicht nachrechnen, wie lange ich davon schon träume ... Und jetzt ist es endlich so weit. Und während ich da so auf der Straße stehe und versuche, selbstbewusst und cool auszusehen (was eigentlich fast unmöglich ist, wenn man irgendwo steht und auf jemanden wartet), klopft mein Herz wie verrückt, und ich hab riesige Angst, irgendwas falsch zu machen. Vor allem, als die Minuten verrinnen und Ben einfach nicht auftaucht.

Als er sieben Minuten nach der vereinbarten Zeit immer noch nicht da ist, werde ich langsam nervös und male mir schon die schrecklichsten Szenarien aus. Angefangen von »Ben hat mich versetzt« über »Ich hab das Datum verwechselt« zu »Er filmt mich gerade mit versteckter Kamera und verwendet das für seinen Videoblog«.

Und als ich merke, dass die Angstpferde jetzt völlig mit mir durchgehen und ich gar nichts anderes mehr tun kann, als auf mein Handy zu starren, ist er plötzlich da.

»Hey, Flo«, sagt er mit dieser rauen Stimme, die alle Schmetterlingsfledermäuse in meinem Magen sofort wieder aufscheucht und sie Purzelbäume fliegen lässt.

»Hey, Ben«, erwidere ich so cool wie möglich und versuche mir nicht anmerken zu lassen, wie erleichtert ich bin, dass er doch noch aufgetaucht ist.

»Wollen wir gleich reingehen?«, fragt er und wartet meine Antwort nicht wirklich ab. »Was willst du sehen?«

»Ich ... äh«, stammele ich und merke, wie die Flolitis wieder erbarmungslos zuschlägt. Verdammt! Wieso muss ich bei so einer einfachen Frage rot werden?

»Keine Schnulze, ist das okay?«, sagt Ben und fährt sich durch die dunkelblonden Surferwellen. Er trägt heute eine dunkle Jeans und eine Lederjacke und sieht einfach nur Hammer aus.

»Kein Problem, ich steh gar nicht auf Liebesfilme«, sage ich, obwohl ich das eigentlich doch tue. Selbst die ganz kitschigen, die Mama so schrecklich findet, gefallen mir.

»Echt? Das ist toll. Die meisten Mädchen mögen nur Liebesfilme«, sagt Ben und zieht mich an der Hand zu den Kinokassen. Wir laufen über einen roten Teppichboden und überall hängt der Geruch von Popcorn in der Luft.

»Was willst denn du sehen?«, frage ich und hoffe, dass es kein Zombiefilm ist. Nicht, dass ich keine Zombiefilme mag, aber die meisten sind nun mal ab sechzehn, und ich kann mir gerade nichts Schlimmeres vorstellen, als dass sie Ben ins Kino lassen und mich nicht, weil ich noch zu jung bin.

»Was hältst du von *Fast and Furious*?«, fragt Ben.

»Cool«, sage ich, obwohl das eigentlich der Film ist, der mich mit Abstand am wenigsten interessiert.

»Cool«, sagt Ben.

Zwanzig Minuten später sitzen wir in weichen und bequemen Kinostühlen in einem abgedunkelten Saal. Ich hab mir eine Tüte Popcorn mit Cola genommen und Ben hat sich Käse-Nachos bestellt. So viel zum Thema Kleckern.

»Schön, dass du heute mitgekommen bist«, sagt Ben, und da ist es wieder, das zarte Flattern und Zupfen in meinem Bauch. »Das Interview gestern mit dir war der Hammer.«

»War es das?«, hauche ich und bin froh, dass es nicht mehr so hell ist. Dann kriegt er wenigstens nicht dauernd mit, wenn ich rot werde. (Obwohl er die Hitze vielleicht fühlen kann, wenn er sich zu weit in meine Richtung beugt.)

»Ich finde es echt cool, jetzt bei euch im Team zu sein«, flüstere ich, weil die Werbung schon begonnen hat.

»Ich find es auch lässig«, sagt Ben und zieht sein vibrierendes Handy aus der Jeans. »Sorry, da muss ich kurz reagieren.«

Ich nicke und sehe ihm zu, wie er mit zusammengezogenen Augenbrauen eine WhatsApp-Nachricht tippt. Und dann noch eine. Und dann noch eine.

Die normale Werbung wird von Filmwerbung abgelöst und ich esse mein Popcorn und werfe ab und an einen Blick zu Ben rüber. Er wirkt voll konzentriert und ich will ihn nicht stören. Wahnsinnig toll finde ich es aber auch nicht. Schließlich beginnt der Film und endlich packt Ben das Handy weg. Ich sitze da, die Hände auf den Armlehnen, und sehe bei gefühlt tausend Autorennen zu, die meine Mutter wegen ihrer *unrealistischen Stunts* und der *abstrusen Plotideen* wahrscheinlich in der Luft zerreißen würde.

Aber Ben gefällt es, ich merke es daran, wie er bei den Szenen mitgeht. Nach der Hälfte des Films muss ich nicht nur aufs Klo, sondern auch regelmäßig gähnen (was ich natürlich versuche zu unterdrücken). Zum Glück ist der Film irgendwann zu Ende.

»Wow«, sagt Ben beim Rausgehen. »Der war ja mal richtig geil.«

»Total«, sagt mein Mund, obwohl das natürlich eine glatte Lüge ist.

»Willst du noch wo hingehen?«, fragt Ben.

»Ja, aufs Klo«, erwidert mein Mund zu schnell, und er beginnt zu lachen. »Du bist echt witzig, Flo.«

Nachdem ich auf dem Klo war, bin ich gleich viel entspannter, und als Ben mich dann noch mal fragt, ob wir irgendwo hingehen wollen, sage ich auch das Richtige, nämlich Ja. Also holen wir uns unterwegs noch ein Eis und er ist witzig, und es ist einfach total cool, mit ihm unterwegs zu sein.

Irgendwann sieht er auf die Uhr und sagt, dass er heute noch einen Beitrag für seinen Blog fertig machen muss, mich aber vorher noch nach Hause bringt, wenn ich möchte. Mein Herz tanzt, doch ich versuche natürlich, mir nichts anmerken zu lassen.

»Okay«, sage ich cool.

»Okay«, sagt Ben und lächelt, bevor er meine Hand nimmt.

Den ganzen Weg nach Hause schwebe ich wie auf Wolken. Ich gehe Hand in Hand mit Ben, der wieder unfassbar gut riecht und die ganze Zeit etwas zu erzählen hat. Ben spricht gerne von sich, er spricht von seinen Träumen, von seiner Musik, seiner geplanten YouTube-Karriere und seinem Fünfjahresplan. Dabei fragt er mich zum Glück nicht nach meinem Fünfjahresplan (tatsächlich hab ich mit etwas Glück gerade mal einen Fünfstundenplan).

Als wir vor meiner Haustür angekommen sind, fühlt es sich ein bisschen komisch an, weil Ben gar nichts von mir hören möchte.

»War schön mit dir«, sagt er und stützt seinen rechten Arm neben meinem Kopf an der Hauswand ab. Zum ersten Mal heute sind wir uns richtig nah, und ich bin plötzlich so aufgeregt, dass sich mein Herz wie ein hysterischer kleiner Vogel anfühlt, der in seinem Käfig herumflattert.

»Ich fand es auch schön«, sagt mein Mund ganz von alleine, weil ich heute endlich dieses Date hatte, das ich doch schon so lange haben wollte.

»Das ist gut«, sagt Ben, und dann greift er mit den Fingern unter mein Kinn und hebt es sanft an, bevor er seine Lippen auf meine legt. Ich schmecke die Käse-Nachos in seinem Atem und warte mit geschlossenen Augen darauf, dass irgendetwas passiert, dass in mir drin etwas explodiert und sich freut und sich einfach nur super anfühlt. Und während ich noch so darauf warte, sehe ich für einen winzigen Moment ein anderes Gesicht als das von Ben vor mir. Ich sehe ein Gesicht mit grünen Augen und dunklen Haaren, und ich sehe ein einnehmendes Lächeln, und plötzlich schlägt mein Herz wie wild und ist irgendwie erleichtert, als Bens Kuss endlich zu Ende ist.

KAPITEL 20

»Und, wie war dein Date mit Ben?«, ist das Erste, was Julia fragt, als sie mich sieht.

»Du hast es ihr gesagt?«, frage ich und fahre zu Anouk herum, die gerade die Tür des Krankenzimmers hinter uns schließt. Anouks Blick wandert zu Boden. »Sie hat mich so lange gelöchert, bis es mir rausgerutscht ist.« Sie sieht mich an. »Sorry, Flo. Genauso war es auch bei dem Eichhörnchen-Bild auf dem Mädchenklo ... Ich kann anscheinend echt keine Geheimnisse für mich behalten.«

Ich schüttle den Kopf. »Daran musst du echt arbeiten.«

Dann atme ich tief ein, denke kurz an das Date mit Ben und dabei automatisch (und viel zu lange!) an Moritz und seine grünen Augen und betrachte dann für einen Moment das Zweibettzimmer, in dem immer noch nur ein Bett steht. Dabei freue ich mich, dass Julia keine nette Gesellschaft bekommen hat (ein Psycho pro Zimmer reicht anscheinend).

Julia richtet sich schwerfällig in ihrem Bett auf. »Also,

wie war es?«, fragt sie, und ihre Augen leuchten sensationslüstern.

»Das glaubst du wohl selbst nicht«, entgegne ich kühl.

»Was denn?«, fragt sie. Dabei versucht sie ruhig und lässig zu wirken, ist es aber nicht. Ich merke, wie ihre Hand leicht zittert. Sie ist richtig nervös. Geschieht ihr ganz recht!

»Dass du so billig davonkommst«, antworte ich und denke an das letzte Mal, als ich in diesem Krankenzimmer war. Als Julia so getan hat, als wäre das alles MEINE Idee gewesen, und versucht hat, ihre Hände in Unschuld zu waschen. Nix da. Ihre Hände sind dreckig, und wie (also im übertragenen Sinn, denn Julia achtet immer darauf, dass ihre Fingernägel auch wirklich sauber sind, nicht wie die »Schmutzhände« ihrer Brüder).

Julia schluckt und presst die Lippen aufeinander.

»Es ... Es«, beginnt sie reumütig zu stottern und lässt sich dann auf ihr Kissen fallen. »Ach Mann, ich habe mir einen wirklich guten Text und eine brillante Entschuldigung zurechtgelegt und jetzt ist plötzlich alles wie weggeblasen ...«

Ich verschränke die Arme vor der Brust und warte nur und versuche gar nicht, ihr zu Hilfe zu kommen (okay, das ist vielleicht nicht besonders nett, aber das, was sie die letzten Wochen abgezogen hat, war auch nicht besonders nett).

Julia dreht den Kopf zu mir. »Es ... Es ...«, stottert sie,

und ich genieße es, sie einmal so sprachlos zu erleben (vielleicht gibt es die Gerechtigkeit tatsächlich, die sich mein Vater immer wünscht, und die Gerechtigkeit hat Julia meine Flolitis geschickt. Danke, Gerechtigkeit).

»Es tut mir leid, Flo«, bringt Julia dann irgendwann doch noch heraus. Ich starre sie unbewegt an. »Wirklich«, setzt sie schwach hinzu und schiebt sich ihre dunklen Locken aus dem Gesicht. »Ich habe es einfach voll verbockt. Und ich war die mieseste Freundin, die man sich nur vorstellen kann. Obermies und oberfies.«

Ich nicke. »Und weiter?«

»Ich hatte einfach total Schiss davor, was da auf uns zukam, und bin durchgedreht, wie so eine Irre, die plötzlich ausrastet und eine Bank überfällt. Ich konnte immer nur daran denken, was denn die anderen sagen werden, und das war so falsch! Denn dabei habe ich das Wichtigste vergessen. Ich habe vergessen, dass es mir egal sein kann, was die anderen sagen, dass es mir aber nicht egal ist, was du sagst. Mensch, ich würde verstehen, wenn du nie nie wieder mit mir sprichst, aber bitte mach das nicht. Du kannst auch alles von mir haben, was du willst, wirklich. Sogar meine Justin-Bieber-Sammlung.«

Ich schaue in ihr verzweifeltes Gesicht. Julia bereut es tatsächlich, wenn sie sogar bereit ist, ihre heilige Sammlung rauszurücken (wobei ich die natürlich nicht möchte, Justin Bieber ist nicht so mein Ding).

»Ich möchte nur eins«, sage ich deshalb und sehe sie

eindringlich an. Julia blickt gespannt zurück und auch Anouk wirkt etwas nervös und besorgt um die Wiederherstellung unserer alten Freundschaft.

Ich lächele. »Ich möchte endlich meine Freundin wiederhaben.«

Danach ist Julia wieder die Alte und will alles über die letzten Wochen wissen, während sie immer wieder beteuert, wie leid es ihr tut. Wir setzen uns zu ihr aufs Bett, und ich erzähle von den ganzen Reaktionen, dem Getuschel und den fiesen Blicken – und dass ich nach der Versöhnung mit Anouk endlich den Mut gefunden habe, mich sowohl bei der Michalek als auch beim Hausmeister persönlich zu entschuldigen (die total lässig reagiert haben und beide meinten, dass sie auch mal jung waren – was man erst beweisen müsste).

Und dann gesteht Anouk die Sache mit Lasse, als Julia gerade einen Schluck aus ihrer Wasserflasche nimmt. Daraufhin beginnt Julia heftig zu husten, und ich habe Angst, dass sie erstickt.

»Soll ich den Krankenschwester-Koloss rufen oder stirbst du jetzt?«, frage ich, während Julia verzweifelt nach Luft ringt.

»Lasse? Echt jetzt?«, fragt sie Anouk zweifelnd, und dann erzählt Anouk alles vom Flyerverteilen und den (un)heimlichen Treffen. Und Julia begeistert sich nach ein paar Minuten total für diese abgefahrene Romeo-

und-Julia-Story zwischen Anouk und Lasse und ist happy, hier nicht die Julia zu sein. Denn Lasse hat anscheinend unentdecktes Potenzial, und sie ist froh, dass Anouk das entdeckt hat und nicht sie selbst.

Und dann schwärmt Julia von einem Typen, der drei Zimmer weiter liegt und sich beide Hände gebrochen hat (der Skateboarder ist längst passé, der liest den ganzen Tag irgendwelche Kriegsbücher und erzählt pausenlos von seiner Miniatursammlung, mit der er die Kriege dann nachstellt und die er zu Julia ins Zimmer geschleppt hat – außerdem hat er geweint, als Julia unabsichtlich eine von diesen Figuren zerbrochen hat).

Und daraufhin erzähle ich von dem Treffen mit Ben und Julia schlägt ganz verzückt die Hände auf ihre Wangen.

»Und, wie war der Kuss?«, will Anouk wissen.

»Ganz okay«, sage ich, weil er wirklich ganz okay war.

»WAS?«, macht Julia. »Du küsst endlich den Typ, den du die ganzen letzten Jahre angehimmelt hast, das ist quasi das Happy End deines ganz persönlichen Liebesfilmes, und dann war es ganz OKAY?«

Ich zucke mit den Schultern. »Ich weiß nicht, irgendwie musste ich dabei …«

»Was musstest du?«, fragt Anouk und lehnt sich ein Stück vor.

»Ich … Ich musste an Moritz denken«, sage ich und gestehe es mir das erste Mal damit selbst laut ein.

Julias Augen weiten sich. »Du küsst Ben und denkst an Moritz?! Was geht denn hier ab?«

»Ich verstehe es auch nicht.«

»Und was ist mit Moritz?«, will Anouk wissen.

»Der interessiert sich nicht für mich«, sage ich schwach und fühle, dass sich diese Worte wie Speere in meinen Körper bohren. Aber Moritz hat mich die letzten Tage in der Schule nur ignoriert, und im Garten habe ich ihn auch nie gesehen, obwohl ich doch ständig zu ihm rübergeschielt habe.

»Zum Glück bin ich über Moritz hinweg«, sagt Julia und schnappt sich eine Packung mit Keksen, die sie aufreißt und uns hinhält. »Aber du hast dich anscheinend total in ihn verguckt.« Anouk und ich schnappen uns jeder einen Keks.

»Verrückt, oder?«, sage ich, aber irgendwie passt verrückt zu den letzten Wochen. Und verrückt passt zu dem Bauchflattern, das ich jetzt jedes Mal bekomme, wenn ich an Moritz denke.

»Moritz ist sicher eifersüchtig«, meint Anouk und knabbert an der Schokolade von ihrem Keks.

»Garantiert«, bekräftigt Julia. »Immerhin sieht er dich dauernd mit Ben abhängen.«

»Glaubt ihr das wirklich?«, frage ich und gebe Anouk meinen Keks, weil ich gar keinen Appetit mehr habe. Schon wieder muss ich an Moritz und seine grünen Augen denken und bin mir nicht sicher, ob er tatsächlich eifersüchtig ist (schön wäre es schon). Aber wahrscheinlich bin ich einfach nicht sein Typ.

»Hey, das sind Jungs«, meint Julia. »Die erkennen nicht, wenn du auf sie stehst. Denen muss man es schon ins Gesicht schreien.« Sie schiebt sich einen Keks in den Mund und schnappt sich ihr Handy.

»Und wer kann es ihm verübeln, wenn du doch selbst erst jetzt bemerkt hast, dass du auf ihn stehst?«, fragt Anouk, und alles in mir hofft, dass sie recht hat.

»Und wie machst du jetzt mit Ben weiter?«, fragt Anouk.

Ich seufze. »Ich weiß es nicht«, gebe ich zu. »Was meinst denn du, Julia?«

»Genau«, antwortet Julia mechanisch, während sie auf ihr Handy schielt.

»Hey«, sage ich und reiße ihr das iPhone aus der Hand. »Etwas mehr Konzentration, bitte! Sonst nehme ich deine Entschuldigung doch nicht an.«

Julia hebt beschwichtigend die Hände. »Ich wollte doch nur sehen, ob dein Interview schon online ist«, sagt sie, und dann sehe ich nach, und es ist tatsächlich schon da, gleich unterhalb von meinem Umweltschutz-Video. Ich überspringe Bens Einleitungstext und spiele das Interview ab. Anouk und ich rücken ganz nah zu Julia und lauschen gemeinsam der Aufnahme.

Ben hat das Interview tatsächlich nicht verändert und ich komme dabei eigentlich ganz gut weg. Julia und

Anouk halten den Daumen anerkennend nach oben, als es zu Ende ist. Weniger gut weg komme ich jedoch bei dem Lied, das man im Anschluss auch noch anklicken kann.

»Bist völlig allein, fühlst dich wie das letzte Schwein … FURCHTBARE PSYCHO-SCHREIBERIN … *hast gar kein Glück, nicht auch nur ein Stück …* FURCHTBARE PSYCHO-SCHREIBERIN … *keiner wird dich missen, alle wollen dich dissen …* FURCHTBARE PSYCHO-SCHREIBERIN.«

Das »FURCHTBARE PSYCHO-SCHREIBERIN« hat er aus dem Interview genommen, es ist meine Stimme und er singt den restlichen Text.

»Was war DAS denn?«, fragt Anouk bestürzt, als das Lied endlich zu Ende ist.

»Wolltest du das?«, fragt Julia geschockt.

Ich schüttle den Kopf und ziehe schnell mein Handy aus der Hosentasche, während mein Puls in die Höhe schießt. Das Lied ist schrecklich, und der Blog wird dafür sorgen, dass es GARANTIERT alle in der Schule summen werden.

»Was ist das für ein Lied? Was hast du dir dabei gedacht?!«, schreibe ich eine WhatsApp an Ben.

»Cool, oder? Geht total ins Ohr!«, schreibt Ben zurück. *»Die Klickraten sind der Hammer!«*

»Der denkt keine Sekunde daran, wie ich mich dabei fühle! Und er hat mich nicht mal gefragt!«, fauche ich und werfe Julia und Anouk mein Handy mit der WhatsApp entgegen. Und dann ärgert es mich noch mehr, dass ich mich von Ben habe küssen lassen.

»So ein selbstsüchtiger Idiot«, bemerkt Anouk.

»Soll ich ihn verprügeln?«, fragt Julia, und ich muss grinsen.

»Klar«, sage ich.

»Wir könnten ihm im Schlaf die Haare rasieren«, meint Anouk und gibt sich plötzlich ganz rebellisch.

»Genau, und wir könnten seinen Blog hacken und peinliche Kinderfotos von ihm online stellen«, pflichtet Julia bei.

Anouk nickt aufgeregt. »Und wir könnten ihm ein Durchfallmittel in der Kantine ins Essen mischen lassen.«

»Hört sich gut an«, sage ich.

»Wir könnten die Banner für das Schulfest übermalen und statt ›Stolze 100 Jahre Alfred Breuer Gymnasium‹ ›Traurige 15 Jahre Ben‹ drüberpinseln«, meint Julia.

»Genau, das sehen dann heute Nachmittag alle«, sagt Anouk, und daraufhin schmieden wir noch weitere gemeine Racheaktionen und lachen, und wir alle wissen, dass wir nichts davon tun werden.

Am Nachmittag gehen Anouk und ich dann auf das Schulfest. (Julia meinte, dass sie sich spätestens jetzt das Bein brechen würde, um nicht dorthin zu müssen.

Außerdem kommt heute noch ihre Mutter zu Besuch und bringt selbst gebackene Lasagne samt nervtötender Geschwister mit – aber was erträgt man nicht alles für eine selbst gebackene Lasagne, meinte Julia, als wir uns verabschiedeten.) Überall in unserem Schulgebäude befinden sich blaue Luftballons. Sie hängen von der Decke, über den Türen oder sind am Treppengeländer fixiert. Ich weiß nicht, wer die alle aufgeblasen hat, aber da ist sicher der Luftvorrat für eine kleine Stadt draufgegangen.

Es ist total viel los (das Schulfest scheint ein voller Erfolg zu sein, denn die Polterer rennt mit einem fetten Grinsen durch die Gegend, das ihr am Abend einen ebenso fetten Gesichtsmuskelkater bescheren wird).

Die Klassenzimmer sind zu Ausstellungsräumen umdekoriert worden, in denen die Geschichte der Schule mit Plakaten und kleinen Videos erzählt wird. Und in der Turnhalle kann man Essen und Kuchen kaufen und an der Tombola teilnehmen. Das Los dafür bekommt man von der Michalek und dem Hoffmann, und die Michalek lacht immer ganz verzückt, wenn der Hoffmann was sagt, und er lächelt dann auch so verzückt, was wahrscheinlich daran liegt, dass die Michalek die Haare offen trägt und ein hübsches grünes Sommerkleid anhat (die ganzen Mädels werfen ihre bitterbösen Blicke jetzt der Michalek zu, HA!).

Ich kaufe mir gerade ein Stück Apfelkuchen, als Anouk Lasse sieht und kurz zu ihm geht. Mit meinem

Kuchen stelle ich mich an einen freien Stehtisch, und bevor ich abbeißen kann, sehe ich Moritz, der die Turnhalle betritt. Er trägt eine hellblaue Jeans und ein weißes T-Shirt und seine grünen Augen leuchten bis zu mir. Als er mich sieht, schaut er aber schnell weg, deshalb lege ich mein Stück Kuchen zur Seite und mache mich auf den Weg zu ihm, selbst wenn mir das Herz dabei in die Hose rutscht.

»Moritz«, sage ich, als er schon wieder gehen will. »Jetzt warte doch mal.«

»Warum?«, fragt er und sieht mich finster an.

»Was ist denn los?«, frage ich und ziehe ihn in eine Ecke der Turnhalle, in der keiner ist. Dabei spüre ich, wie mein Herz wild gegen meinen Brustkorb hämmert. »Warum gehst du mir aus dem Weg?«

»Ich gehe dir nicht aus dem Weg«, behauptet er und sieht mich noch immer so finster an, als hätte ich seinen Hund gekillt (auch wenn er keinen hat).

»Doch, das tust du, und ich dachte ...«

»Du dachtest was?«, fährt er mich an.

»Dass wir uns wieder besser verstehen«, murmele ich und fühle mich total unsicher. Vielleicht lacht mich Moritz gleich aus. Höchstwahrscheinlich.

»Ich muss jetzt zu meinen Jungs«, erwidert er kühl und will gehen, doch ich halte ihn am Oberarm fest.

»Ich will mich aber wieder mit dir verstehen, Moritz.«

Er vergräbt die Hände in den Hosentaschen. »Du

willst also, dass wir wieder befreundet sind?« Seine Stimme ist mindestens genauso kalt wie sein Blick, und so, wie er es sagt, klingt es mehr nach einer Beleidigung als nach einer Frage.

»Ja, das will ich.«

»Vergiss es, Flo. Das klappt nicht.«

»Warum nicht?«

»Du hast einen Freund, der dich vor der Haustür küsst und blöde Lieder über dich schreibt, was dich anscheinend nicht stört. Das passt einfach nicht mit mir zusammen.«

»Aber er ist nicht mein Freund«, wende ich ein und kapiere, dass Moritz uns beim Küssen gesehen haben muss, »und ich will auch nicht, dass er mein Freund ist.«

»Du hast ihn geküsst«, zischt er.

»Aber das war …«

»Was? Etwa schon wieder ein Unfall?«, spuckt er mir entgegen. Moritz sieht ziemlich wütend aus, und vielleicht sollte ich jetzt eingeschüchtert sein, aber ich bin es nicht. Ganz und gar nicht.

»Nein, ich hab nur zu spät gemerkt, dass ich gar nicht wollte. Also okay, schon so eine Art Unfall. Ich hätte aufhören sollen. Weil ich bei dem Kuss nur an einen anderen denken konnte«, sprudelt es plötzlich aus mir heraus, und ich hole keine Luft, bevor ich weiterspreche. »Weil ich nur an DICH denken konnte, Moritz. Ich weiß auch nicht, wie das gekommen ist, aber ich will nicht nur, dass wir wieder befreundet sind. Ich mag dich, ich mag dich sogar sehr, und das nicht nur, weil du gut aussiehst, sondern weil du nett, lustig und ehrlich bist, und weil du mir immer sagst, was du denkst. Und weil du mich magst, so wie ich bin. Und wahrscheinlich wirst du mich jetzt gleich auslachen und mir erklären, dass du kein Interesse hast, aber dann habe ich es zumindest gesagt und muss mich nicht hundert Jahre darüber ärgern, dass ich wieder mal die Klappe nicht aufbekommen habe.«

Moritz sieht ziemlich überrumpelt aus und ich spreche einfach weiter. »Und wenn du jetzt nichts sagst, dann passiert gleich der nächste Unfall, Moritz Winter, und ich hoffe, es ist ein guter Unfall, denn ich werde dich gleich küssen, gleich, in nur zwei Sekunden, und wenn du das nicht willst, dann renn schnell weg, jetzt, du hast nur noch eine Sekunde, ehrlich«, flüstere ich, und Moritz rennt gar nicht weg. Im Gegenteil, er beginnt zu lächeln und bleibt stehen, und meine Beine werden ganz weich, und dann lehne ich mich total mutig zu ihm hoch und küsse ihn. Und er läuft noch immer nicht weg, als meine Lippen seine berühren. Stattdessen küsst er mich zurück, und seine Lippen schmecken nach einer Mischung aus Erdbeeren und Mamas Limonade, und ich liebe beides über alles, genau wie diesen Moment.

Es ist wunderschön, Moritz zu küssen, während die Schmetterlinge wild in mir tanzen und ich so was von SPRACHLOS bin, aber auf eine verdammt gute Art.

Ulrike Mayrhofer und Carmen Schmidt, die beiden Autorinnen hinter dem Pseudonym Anna Pfeffer, sind seit ihrer gemeinsamen Schulzeit in Wien befreundet. Schon damals entwarfen sie Geschichten, die aus Lehrern paranoide Agenten und aus Mitschülern tragische Helden machten. Heute leben sie in Hamburg und Wien, sind zusammen 73 Jahre alt, haben zwei Männer, sechs Kinder und einen Hund und schreiben noch immer zusammen.

Mehr über die Autorinnen unter www.annapfeffer.de

Anna Pfeffer

Für dich soll's tausend Tode regnen

320 Seiten, ISBN 978-3-570-17155-4

Leuten, die Emi nerven, verpasst sie in Gedanken eine Todesart. Und seit dem Umzug weiß sie nicht, wer mehr nervt: die Neue ihres Vaters, ihr Strahlemann von Bruder (stirbt bestimmt mal, weil er auf seiner Schleimspur ausgerutscht ist) oder Erik, Alphatier an ihrer neuen Schule, der einen auf cool macht und sie ständig provoziert (stirbt bestimmt mal an Hirntumor wegen übermäßigen Handykonsums). Als sie sich in Chemie mit Erik anlegt, kracht es im wortwörtlichen Sinn zwischen den beiden. Die Strafe dafür sind acht Samstage Graffiti schrubben. Mit Erik! Um aus der Nummer rauszukommen, schlägt Emi einen Wettstreit vor. Doch Erik ist nicht kleinzukriegen. Emi wünscht ihm tausend Tode an den Hals, bis sie merkt, dass es gar nicht so nervig ist, Zeit mit Erik zu verbringen …

Zoe Sugg alias Zoella

Solo für Girl Online

ca. 416 Seiten, ISBN 978-3-570-17446-3

Nach einer ziemlich schwierigen Zeit auf Tour mit ihrem Rockstar Noah weiß Penny eines sehr genau: Sie will ihre eigenen Wege gehen. Noah ist einfach abgetaucht, und niemand weiß, wo er sich aufhält. Auch Penny nicht. Seit Wochen hat sie nichts von ihm gehört. Für sie wird es Zeit, wieder in ihr normales Leben zurückzufinden. Doch sie igelt sich ein. Da kommt eine Einladung nach London gerade recht: Megan hat dort an einer berühmten Schauspielschule angefangen und stellt Penny ihren Freundinnen vor. Der schüchternen Posey Tipps gegen Lampenfieber zu geben, ist für Penny eine willkommene Ablenkung. Aber ist auch der bezaubernde Callum aus Schottland die richtige Art von Ablenkung? Und hat Penny wirklich mit Noah abgeschlossen, wenn die Erinnerung an ihn sie an jeder Ecke einholt?

cbj

www.cbj-verlag.de

20252